ハヤカワ文庫JA
〈JA1465〉

そいねドリーマー

宮澤伊織

早川書房
8614

そいねドリーマー

そいねドリーマー

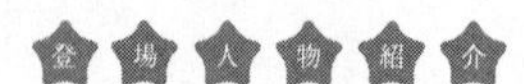

登場人物紹介

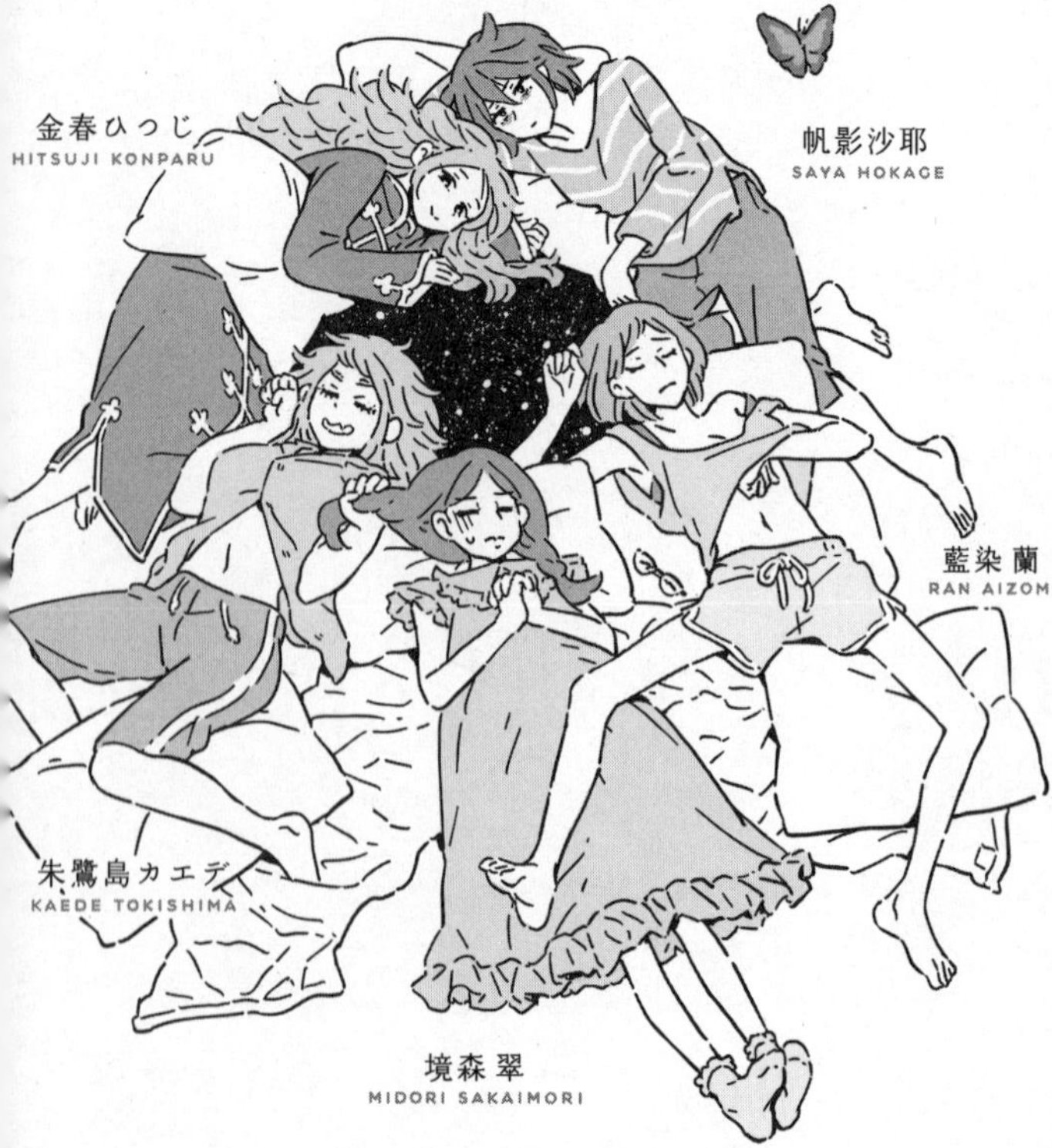
金春ひつじ
HITSUJI KONPARU
帆影沙耶
SAYA HOKAGE
藍染蘭
RAN AIZOME
朱鷺島カエデ
KAEDE TOKISHIMA
境森翠
MIDORI SAKAIMORI

イラスト／丸紅 茜

1

うららかな午後の日差しに温(ぬく)められた教室を、定年間際の女性教師がだらだらと垂れ流す現代文のお題目が呪文のように支配していた。

昼休みの後、腹もくちくなった女子高生たちの脳には充分な血液が届いていない。いちばん後ろの机に座っていると、あちこちでこっくりこっくり船を漕ぐ頭が、いやでも視界に入ってくる。

見ているだけで眠気を誘われる光景だが、しかし、帆影沙耶(ほかげさや)が眠りに落ちることはなかった。

教室の最後方、しかも窓際の席である。本来であれば、授業中の安眠が約束されたポジションのはずだろう。

ただしそれは、眠ることができる人間にとっての話だ。

沙耶は頬杖を突いて、ぼうっと黒板に目をやっている。居眠りこそしていなかったが、その思考はきわめてぼんやりとしたものだった。目はただ虚ろに開かれているだけ。耳から入ってくる教師の声も、環境音としての役割しか果たしていない。

「……ほかげ。帆影！」

名前を呼ばれていたことにようやく気付いて、沙耶は目をしばたたいた。よく見ると教師がこちらを睨んでいる。

「目が覚めた？」

「……寝てないっす」

かすれた声で沙耶は答える。

「じゃあ次の文章、頭から読みなさい」

次の文章と言われても、今までどこを読んでいたのかすら見当がつかない。教科書のページを手元で無為に弄んでから、やむなく沙耶は言った。

「……わかりません。どこっすか」

教師は呆れたようにため息をついた。

「もう結構です」

別の生徒が指名されて、教科書を読み上げる。

「〈夜寝る時、灯りを消さないと寝つかれないと云う人の方が多い様だが、私は真暗では息苦しくて眠る事が出来ない〉……」

沙耶は俯いて、机の上に視線を落とした。

ここしばらく、同じようなことが何度も続いている。クラス全員の前で失態を演じる気まずさにはいっこうに慣れないし、自分を置き去りにして授業が進んでいくことにもひどく焦燥感がつのる。

しかし、どうしようもないのだ。

帆影沙耶は眠れない。

夜も、昼も、家でも、学校でも。

いつでも、どこでも、何をしていても。

これが眠くないというならまだいい。頭がはっきりしていれば、他人が寝ている時間も有効に使えるだろう。ところが沙耶の場合、眠気はしっかりあって、しかも解消されないのだ。

眠いのに眠れない。最悪である。

思いつく手段はすべて試した。よく食べてから寝る。風呂で身体を温めてから寝る。ストレッチしてから寝る。疲れ切るまで運動してから寝る。布団を変えた。枕も変えた。寝る場所を変えた。朝昼夜と、時間帯も変えてみた。睡眠外来でカウンセリングも受けた。睡眠導入剤だってもらってきた。安眠用の催眠音声まで試してみた。

何一つ、効果はなかった。

とにかく眠りたい、一瞬でも意識を失いたいという切実な欲求を抱いたまま、沙耶は何日も朦朧と起き続けている。

おかげで成績は最底辺、学校でも家でも肩身が狭い。目の下にはひどいクマができて取れないし、眉間の皺で目つきが怖い。いつもイライラしていて、話しかけられてもまともな受け答えができないので、クラスメイトにも敬遠されるようになってしまった。周りから見れば、せいぜい頭の悪いヤンキーもどきというところなのだろう。

やがてチャイムが授業の終わりを告げた。

教師が去り、教室は生徒たちのざわめきに包まれる。誰も沙耶に話しかけてはこない。次が六時間目の数学、それが終われば帰れるのだが――。

――ここにいる意味があるだろうか。

一年まではそんなに苦手というわけでもなかった数学だが、今の状態で論理的な思考をするのは難度が高すぎる。実際、不眠に陥ってからというもの、数学の授業はただ座って意味の摑めない数式を眺めるだけの時間に成り果てていた。それを言ったら他の授業だってだいたいそうなのだが。

椅子を引いて、沙耶は立ち上がった。

ふらふらと教室を出る沙耶に目を留める者は誰もいない。次の授業をサボっても、誰も困りはしないはずだ。

不眠という悩みはあまり深刻に受け取ってもらえないことに、沙耶は早い段階で気付かされていた。

焦らなくてもそのうち眠れるよ、という無責任な気休めを吐かれるくらいならまだいい方で、規則正しい生活をしていないからだと説教をされることすらあった。しかし、周囲の無理解に憤慨する段階を、沙耶はとっくに通り越していた。

寝たい。ただただ、寝たい。

それが無理なら、せめて横になりたい。

休み時間のざわつく廊下を、沙耶はよろめき歩き、おぼつかない足取りで階段を下りた。

一階は薄暗く、ひと気がなかった。保健室のドアを開けて足を踏み入れると、机に向かっていた保健医が顔を上げた。

「帆影さん」

「ちょっと休ませてもらってもいいっすか」

「やっぱり、まだ眠れないの？」

「ぜんぜん……」

保健医は立ち上がり、カーテンで仕切られたベッドの方へと沙耶を促した。

「どうぞ、ベッド使って。少しでも楽になるといいんだけど」

沙耶はぼそぼそと礼を言って、二つあるベッドの一方に腰掛け、上履きを脱いで布団に潜り込んだ。

「いつでも来ていいんだからね」

そう言いながら、保健医がベッド側の蛍光灯を消して席に戻っていった。

保健医はこの学校で、沙耶の不眠をまともに心配してくれる数少ない人物だった。いつでも来ていいというのはありがたい申し出ではあったが、沙耶はなるべく通い詰めないように自制していた。なにしろ、保健室に来たってどうせ眠れないのだ。

目を閉じる。

布団の暖かさを感じながら、ゆっくりと呼吸する。

吸って……、
吐いて……。

吸って……、

吐いて……。

……………。

眠れない。

寝返りを打つ。壁に掛かった時計の音が意識に上る。チッ、チッ、チッ、チッ、規則正しく進んでいく秒針の音を数えてみる。

一、二、三、四……、

……………、

五百六十五、五百六十六、五百六十七……、

カーテンの向こうで、保健医が書き物の手を止めた。背もたれが軋む。伸びをしたような気配。ふうと息をつく、声ともつかない声。

椅子のキャスターが動いて、保健医が立ち上がった。

カッ、カッと踵が鳴って、遠ざかり、保健室の引き戸がスライドして開き、ふたたびぴたりと閉ざされた。

足音が廊下を歩み去っていく。

自分以外の気配がなくなって、部屋がしんと静かになる。

やっぱり、眠れない。

仰向けになって、瞼を開いた。

明かりが消えた薄暗い天井を見上げていると、どんどんつらさが増してきた。

このぼんやりとした苦しみは、いつまで続くのだろう。

もう、一生このままなのだろうか。

眠れないという悩みを口にすると、しばしば言われる気休めがある。

曰く、〈眠れなくて死んだ人はいない〉。

言われるたびに腹が立つのだが、沙耶は一応自分でも調べてみた。本当に、眠れなくて死んだ人間はいないのかどうか。

実際にはいた。致死性家族性不眠症という病気で、完全な不眠に陥り、二年ほどで死に至るという症例が見つかった。ただ、これはかなりレアな症例で、しかも遺伝病だった。両親に訊ねてみたが、どちらの家の親族にも、そんな病気を持つ者は誰もいなかった。

逆に、何年にもわたって眠っていない人がいるという話がいくつか見つかったが、情報の出所が怪しげなまとめサイトだったり、海外のニュースからの翻訳だったりで、どこまで信憑性があるのか見当がつかなかった。

一方で、人間を眠らせないようにする拷問が多くの国で実用化されていたという話もあった。ナチスドイツが開発した断眠法、アメリカのＣＩＡが中東で効果的に使用した百八十時間断眠、中国当局がウイグル族拘留者に対して実行した十五分ごとの睡眠中断……そうした文献では、対象が心身に異常を来した(きた)と記されているのが常だった。

犠牲者に心底同情しつつ、沙耶は思った——じゃあ、今の私は、二十四時間拷問されているようなものじゃないか。

私も異常を来すのだろうか。

というかもう、そうなっているのだろうか……。

たかが眠れないというだけのことで人生を左右されるのは、考えれば考えるほど理不尽で、納得できないことに思われた。

曇った思考の底で沸々と怒りをたぎらせていると、廊下の方から、また足音が近付いてきた。

保健医が戻ってきたのかと思ったが、音が違う。パンプスのヒールではなく、平べったい上履きの靴音。教師ではなく、沙耶と同じ生徒のようだ。

ぺったらぺったらと廊下を歩いてきた何者かが、ノックもせずに、がらりと保健室のドアを開けた。保健医の不在に気付いたのか、一瞬足を止めたものの、引き返さずそのまま室内に入ってくる。

「ふわあ」

気の抜けるような女の子のあくびが聞こえた。

「……はふ。ねむねむ」

呟く声が近付いてきたかと思うと、いきなりカーテンがめくられた。

「へ」

びっくりするべきところだが、こちらもぼんやりした反応しかできない。かろうじて上体を起こしたところへ、声の主が倒れ込んできた。

「……うわ？」

掛け布団の上に、なんだかふわふわしたやつが寝ていた。

癖のある柔らかそうな髪がブレザーの背中に広がっている。沙耶よりも小柄で、こちらの両脚の上に遠慮なく身体を預けているのに重さをほとんど感じない。

「なんだこいつ」

思わず独り言が口からこぼれた。四六時中眠くて言動が雑になっているため、頭に浮かんだことがダダ漏れになる傾向がある。

「あの、ちょっと」

「うーん？　んむん」

頭が物憂げに動いて、髪の間から横顔が覗いた。目は閉じていて、口元がなんとなく微笑んでいるように見える。

「ねえ。おい。なんなの」

口調を強くして呼びかけると、唇がかすかに動いた。

「…………さい」

「え？　なに？」

聞き取ろうと顔を近付けた沙耶の耳に、呟きが忍び込んできた。

「――おやすみなさい」

ぐらっ、と視界が揺れた。

頭の中に渦が生まれたような感覚だった。

頭蓋骨の中をひたひたに満たした眠気の溜まり水に、唐突な流れが生まれた。まるで満水のダムがいきなり決壊したかのように、あるいは浴槽の栓を抜いたかのように。

「え、え、え」

混乱している余裕すらほとんどなかった。意識が眠気の濁流に放り出されて、真っ暗な渦の中へと吸い込まれていく。

「なにこれ、やだ、こわい――」

突然の感覚に恐怖が湧き上がるが、抵抗しようがなかった。

あっという間に意識が暗闇に呑み込まれていく。

――ああ、これは。

忘れていた。

沙耶はこれを、知っている。

久しぶりのこの感覚は――。

眠りだ。

ZZZ

故郷を出て以来久しぶりに通る道を歩いていると、そこかしこに黄色のカラーコーンが立っていて邪魔だ。何度も躓くので腹が立って、これはなんですかと通りすがりの人に訊ねると、その人が舌打ちをして私を睨む。

「いつまでもそんなことを言っているから、おまえは駄目なんだ。それだからこの町をあんな風に出ていかなくてはならなくなった。どういうつもりで帰ってきたのか気が知れない」

そう早口に私を詰(なじ)って、舌打ちをしながら歩み去っていく。

私はひどく恥ずかしくなって泣いてしまう。

あの人の言うとおりだ。やっぱり戻ってくるべきではなかったのだ。

「仕方ないのよ」

と隣を歩く恋人が言って、背伸びをして私の頬の涙を吸ってくれる。

「スイジュウが出るから。ここにあるのはみんなお墓なの」

そう言われてよく見ると、カラーコーンにはみな人の名前が書かれている。

「もうすぐ来るよ。準備はできてる？」

スイジュウの倒し方ならよく知っているから、私は頷(うなず)く。恋人は満足そうに微笑んで、私にキスをしようとする。その後ろから、横に何本も並んだ脚が近付いてくるのが見えた。

スイジュウだ！　私はそいつを指差して、警告しようと口を開く——。

Z
Z
Z

「はっ……」

急に意識が戻って、沙耶は目を開けた。

何が起こったのか、しばらく把握できない。

薄暗い保健室の天井を呆然と見上げるうちに、じわじわと理解が追いついてくる。

「……寝て、た？」

寝ていた。しかも、夢まで見ていた。

いったい何日ぶりだろうか。もう二度と訪れないのかと諦めかけていた眠りが、ふたたび沙耶の元に返ってきたのだ。

「眠れた。眠れたんだ」

横を見ると、恋人が、いつの間にか沙耶の隣に並んで寝ていた。無事を確認できて、沙耶はほっとため息をつく。

「よかった……間に合った」

スイジュウに襲われていたらただではすまなかったはずだ。すうすうと寝息を立てる安らかな顔を見つめていると、愛しさと安堵がこみ上げてきた。

沙耶は恋人に顔を寄せて、かすかに開いた唇に、そっとキスをした。

柔らかい感触と、甘い匂いに陶然（とうぜん）とする。

ああ、そうだ。この感じだ。

……………………。

「……あ？」

この感じ？

この感じとは？

沙耶はぱちぱちと瞬(まばた)きをして、自分がキスしたばかりの恋人に改めて注意を向けた。

ふわふわした癖っ毛の、柔らかくて、いい匂いの女の子。

「……は」

はあーーーーッ!?

沙耶はベッドの上に跳ね起きた。

だ、誰だこいつ!?

恋人？　なんで？　夢の中では完全にそう認識していて、今の今まで違和感なくそう思っていたが、冷静に考えると全然知らない人だ。

パニック状態で凍り付いていると、〝恋人〟の瞼が開いた。

「ん……」

うつぶせからゆっくりと身を起こし、ぼうっとした視線を沙耶に向ける。薄暗い中、その瞳が鈍く輝いて見えた。人の形をした獣がそこにいるようで、沙耶は我知らずベッドの上で後退ろうとした。

後ろに突こうとした手が空を摑んで、沙耶はそのままベッドから転がり落ちた。

「おあっ、だっ」

背中を打って息を詰まらせる沙耶を、ベッドの上から〝恋人〟が覗き込んできた。

「——大丈夫?」

沙耶は答えることができない。目を丸くして見上げるだけだ。さっきの満ち足りた感覚が怖かった。知らない人間をよりによって恋人だと思い込んだことが、たまらなく恐ろしい。

「ねえ」

〝恋人〟が言いかけて、ふと何かに気付いたように言葉を途切れさせた。顔を俯け、右手を持ち上げ、唇に触れて、首をかしげ——改めて、沙耶の方を見た。

「あなた、いま——」

「ごっ、ごめっ」

沙耶は遮るように大声を出して、足を滑らせながら立ち上がった。

「あっ、ちょっと!」

呼び止められるのを無視して背を向け、カーテンを払ってベッドから離れる。もがくように脚を動かして室内を横切り、勢いよくドアを開けて外に出た。

とっくに放課後になっていた。夕日の残光でかろうじて彩られた廊下を走って、下駄箱で靴を引っかけると、沙耶は学校から逃げ出した。

2

頭の中がぐちゃぐちゃだ。

何をどう考えたらいいのかわからないまま、徒歩二十分の道をほとんど走って家まで戻ってきた。

玄関のドアを開けて家に入った途端、リビングから出てきた三つ上の姉、亜弥と鉢合わせになった。

「うわ」

風呂上がりらしく、頭にタオルをかぶったままで棒付きアイスを咥えた亜弥が、沙耶の勢いにのけぞった。

「どしたの……」

沙耶は息を切らしたまま、ふるふると頭を振った。

怪訝そうに妹の様子を窺っていた亜弥が、何かに気付いたみたいに眉を上げた。

「眠気醒めたの？」

「え……なんで」

「最近見ないくらいに目ェカッ開いてるからさ。びっくりした猫みたい。なんかあった？」

「あったといえば……あったんだけど」

そう言って口ごもる。さっきの自分の体験を他人に説明する言葉を、沙耶は持っていなかった。

「どした？」

「なんていうか……悪い夢を見た……みたいな」

「あ、眠れたんだ？」

「えっ、まあ……ちょっとだけ……？」

「へえ、よかったじゃん。なんか血色いいよ。いつもが悪すぎるって話もあるけど」

「うるさいな」

「あれ、あんたカバンは？」

言われて気付いた。手ぶらだ。教室に置きっぱなしで帰ってきてしまった。

「忘れてきた……」

「何やってんのよ。学校戻る？　車出そうか？」

「いい。ちょっと休む」

靴を脱いで家に上がり、階段を上る。

「顔くらい洗いなー」

「わかってる」

階段下からの姉の声に生返事をして、二階の自室に入った。

ドアを閉めて、ベッドに倒れ込む。枕元には小さいころからの付き合いになるぬいぐるみがいくつも置かれている。せめてもの安眠用のお守りだ。自分の匂いがする寝床に転がって、沙耶は放心した。

改めて、何だったんだ。

どういうことになったんだ、私は。

よし、落ち着こう。ひとつひとつ、整理していこう。

幸い、今は頭がはっきりしている。それはもう、ここしばらくなかったくらいに、頭が澄み渡っている。それはなぜかというと、そう、眠れたからだ。

眠れた。マジかよ。すごい。

もうこのまま不眠で衰弱して死ぬのかと思ったのに。

眠れたのだ。

やったぜ。

「あーーー、よかった」

沙耶は低い声で呟いた。

また眠れるようになったということは、壊れかけた人生を立て直すことができる。学校の勉強も、人付き合いも、今からがんばって挽回しなければならないが、そのくらい長期不眠の苦しみに比べればなんということもない。

本当によかった。ＯＫ。これは完全にいいニュースだ。

で、もうひとつのニュースは？

知らん人を、夢の中で恋人だと思い込んだまま目を覚まして、思いっきりキスをしたという事実は、いいニュースか？　悪いニュースか？

沙耶は両手で顔を覆って、深々とため息をついた。

「性犯罪じゃん……」

罪に問われるかどうかはわからないが、少なくともハラスメント事案ではあるだろう。

「なかったことにならねーかな……だめかな……あれ気付いてたかな……気付いてたよなーどう見ても……」

あれが明るみに出たら、沙耶の今後の立場はなかなか困難なものになるのではないだろうか。

「あのときは恋人にしか思えなかったんだよな……」

夢の中ではあんなに確信を持っていた愛情が、目覚めて十秒くらいで急速に霧散していったのも衝撃だった。おかげで、今なお喪失感の名残のようなものが胸の奥にわだかまっている。まったく根拠のない、必要のない喪失感なのに。

キスしたときに味わった、愛し愛されているという確信は、これまでの十七年の人生で初めてのものだった。

無意識に指先で唇に触れていることに気付いて、沙耶は気まずい思いで手をどけた。

「あーもーわかんねー」

枕を抱いて、沙耶は力なく呻いた。

「なにひとつわかんねー……」

いやいや、いい、もういい。今悩んだってしょうがない。

確かなことは、また眠れるようになったという事実だ。

まずは寝よう。さっきみたいに眠って、体力を回復しよう。難しいことを考えるのは、その後でいい。実際、ほら、もうこんなに眠い。

沙耶は目を閉じて、寝やすいように姿勢を変えると、ゆっくりと呼吸する。

吸って……、

吐いて……。

吸って……、

吐いて……。

…………………。

しばらくして、沙耶は目を開けた。

「……あれ？」

眠れなかった。

今までとまったく変わらず、眠りはいっこうに訪れなかった。

3

ドアを開けると、机で昼食のサンドイッチを食べていた保健医が顔を上げた。

「あら、帆影さん」

「どもっす」

軽く頭を下げてから、沙耶は室内に視線を走らせる。奥にあるベッドのカーテンは引き開けられていて、今日は誰も寝ていない。

保健医が沙耶の顔をじっと見て、表情を曇らせた。

「だいぶ辛そうね。やっぱり、まだ眠れない？」

「はい……」

あれから二日。沙耶はふたたび不眠の中にあった。

一瞬だけ沙耶の元を訪れたはずの眠りだったが、その後どうやっても再現できず、結局また元通りの朦朧とした日々が始まってしまった。安息をふたたび目の前で奪われたことで、沙耶の焦燥感ももう限界だった。

「午後は休んでいく？」

保健医がちらりと時計を見た。

「あっ、いいえ。その、訊きたいことがあって」

沙耶は躊躇いながら言った。

「この前ここで休んでたとき、知らない子が来たんです。なんか、ふわっとした長い髪で、私よりたぶん背が低くて――」

背格好を表現しようと、両手で曖昧なジェスチャーをする沙耶。その手を下ろして、尻すぼみに言った。

「……それくらいしかわかんないんですけど」

保健医は怪訝そうな面持ちになった。

「ふわっとして、背が低くて？　他には？」

他には――柔らかくて、日なたのようないい匂いがしたけれど、それを口に出すのはさすがに躊躇った。

「一瞬だったんで……よくわかんないっす」

「それでその子が、どうしたの？」

「いきなり私の寝てるベッドに倒れ込んできて、寝始めて。誰だか知りませんかって、訊こうと思ったんですけど……よく考えたらこれだけでわかるわけないっすよね。すみません」

踵を返して出ていこうとした沙耶に、保健医が声をかけた。

「もしかすると、金春さんかな」

「こんぱる?」

振り返った沙耶に、保健医は頷いた。

「そうだとしたら、保健室に来るのは珍しいな。帆影さんと同じ二年生のはずだけど、ある意味あなたとは正反対とも言えるかも」

「正反対って……どういう」

「金春さんはね——いつでも、どこでも、寝てるの」

いつでも、どこでも。

授業中の教室でも、昼休みの中庭でも、放課後の図書室でも。

その金春とかいうやつは、わざわざ保健室のベッドを使うまでもなく、校内のありとあらゆる場所で寝ているところが目撃されているらしい。

うらやましい……。

保健室をあとにした沙耶は、校内を当てもなくさまよい歩いていた。気がつくともう、午後の授業が始まって十分以上経っている。

誰もいない廊下を歩いていくと、通り過ぎる教室の中から授業の声が聞こえてくる。扉にはまっているのは曇りガラスで、中の様子はよく見えない。ぼんやりした人影と、くぐもった声。壁の向こうからは、授業を受ける女子の群れが放つ、ざわついた気配。水族館の水槽の前を通っているような気分だ。自分がここにいることを気付かれた途端、何十人もの目がぐるりとこちらに向けられる――そんなことを考えると居心地が悪くなった。足音を忍ばせて、沙耶は教室棟を歩いていった。

いまさら自分の教室に戻るのも気が進まない。次の休み時間までどこかで時間を潰して――いや、そもそも私は何をしているんだっけ？

教室棟から渡り廊下に出ると、中庭が目に入った。水の涸れた噴水の縁は座るのにちょうどいい高さと幅で、最高の昼寝スポットになるだろうが、校舎のすべての窓から丸見えだ。今は授業中、教師に見つかったらあっという間に生徒指導室行きだろう。

誰も座っていない噴水を眺めながら、沙耶はようやく思い出した。

――そうだ。あいつを捜していたんだった。

金春ひつじとかいう、ふわふわ女を。

ふたたび不眠に苛(さいな)まれることになったこの二日間、沙耶にはじっくり考える時間があった。なぜあのときだけ眠れたのか。他の状況との違いは何か。

眠気に鈍った頭でも、答えは明白だった。金春ひつじだ。あいつがベッドに倒れ込んできた途端、いきなり眠りに引きずり込まれたのだ。

一人じゃなくて、誰かと一緒だったら眠れるということか……？　そう思って昨夜は、姉に添い寝を頼んでみた。

まったく眠れず、しかも姉の寝相でベッドから押し出されて落ちた。

ということは、答えはさらに絞り込まれることになる。

沙耶は朦朧と呟いた。

「……あいつじゃないと、だめなんだ」

いつでもどこでも寝ているという金春ひつじは、今はどこで寝ているのだろう。教師に見つからないような秘密の場所があったりするのだろうか。それとも今は授業中だから、素直に自分の机で居眠りしているのか。それなら沙耶がこうしているのはまったくの無駄ということになるわけだが、それでも捜し回っている方が気分がマシだった。

渡り廊下を通って、隣の校舎への入口をくぐる。

明るいところから暗いところに入って一瞬目が眩(くら)んだそのとき、沙耶の目に奇妙なものが映った。

鍵盤楽器のキーが細く長く伸びて、それがそのまま脚になって歩いているような、生物とも機械ともつかないものが、階段を音もなく上っていく。

「ん？」

目をしばたたいてもう一度見たときには、もう何も見えなかった。

幻覚だろうか？

確かに睡眠不足が続くと見間違いが多くなったり、幻覚に悩まされるというが、沙耶の摩耗した心の中で何かが引っかかった。

今のやつ、見覚えがある……。

いや、そんなことあるか？　あんなものにどこでお目にかかる？

ゲーム？　動画？　マンガ？　映画？　博物館？

そうでなければ……夢とか？

思考がそこにたどり着いた瞬間、ふわっと記憶が甦(よみがえ)った。

そうだ！　見た！　私はあれを、夢の中で見ている！

二日前。保健室で見た束の間の夢。目覚める直前、視界に入ってきた、横に並んだたくさんの脚――。

考えるより先に、沙耶の足は階段へと向かっていた。さっきのやつの姿はもう見えない。

一瞬だったが、あれは確かに階段を上がっていった――。

記憶の霧の中から、一つの名前が浮かび上がった。

「……スイジュウだ」

あいつはそう呼んでいた。スイジュウ。何のことだかわからないけど。

スイジュウの後を追って、沙耶は階段を上った。二階の廊下は薄暗く静かで、最寄りの理科室は使われていないようだった。見上げると、また見えた。三階を通り過ぎてさらに上へ、何本もの脚をカシャカシャと動かしながら進んでいく姿が、屋内の薄暗がりと、窓から差し込む光との、明暗差の中に一瞬だけ浮かんで消えた。

追いかけて階段を上りきると、そこには屋上への扉があった。曇りガラスの向こうは明るい。ドアノブを回してみると、鍵はかかっていなかった。

扉を開けて屋上に出た。

そこで沙耶は、金春ひつじを見出(みいだ)した。

4

今日は風もなく、すっきりと晴れている。日差しは暖かく、柔らかい。少しなら外で寝転がっていても、日焼けもしないし、身体も冷やさないだろう。つまり絶好のお昼寝日和(びより)。

そんな恵まれた天候の下、屋上の周囲にぐるりと巡らされたフェンスのそばで、金春ひつじが眠っていた。

顔の方が日陰に、足の方が日向になる位置に寝転がっている。身体の下には薄手の毛布。頭を載せた枕から、ふわふわの髪が流れ落ちている。

「……いた」

呟いてから、はっとしてあたりを見回す。スイジュウは影も形もない。なんだったのか気になるところではあったが、今の沙耶に考えている余裕はなかった。

屋上を横切って、寝ている金春ひつじに歩み寄る。思わず足音を忍ばせていた。

距離が近付くにつれて、引き込まれるような感覚が生まれた。

まるで二度寝を誘う朝の布団のような。あるいは心地よく秘密めいたふかふかのベッドのような。もはや気のせいではない。吸引力は徐々に強くなっていく。

瞼が重くなる。思考の筋道がみるみる失われて、彼女の隣で横になりたいという欲求だけが頭を占める……。

ああ、やっぱり。

これだ。私は、これにやられたんだ。

やっぱりこいつじゃなきゃだめなんだ。こいつなら、私を眠りに引きずり込んでくれる。

一歩一歩足を進めるごとに、眠りが近付いてくる。今の沙耶が何よりも求める、安らかな眠りが――。

背後で扉が閉まる音。

びくっとして振り返ると、ショートカットの生徒が立っていた。制服の胸についた学年章は三年生を示している。沙耶に鋭い視線を投げかけて、彼女は口を開いた。

「誰？　ここで何をしてるの？」

突然のことに、沙耶は硬直してしまった。鈍った頭では、咄嗟の受け答えなど無理な話だ。

「出ていって」

あの、その、と意味のない音を発している沙耶に業を煮やしたのか、三年生はつかつかと距離を詰めてきたかと思うと、沙耶と金春ひつじの間に立ちふさがった。

「え、いや」

「今は授業中でしょ。早く」

それはそっちだって同じだろ、と思いつつも、あまりの眠気に反論するのも面倒だった。

もつれる舌を動かして、沙耶は言った。

「捜してたんです……その子を」

「どうして」

「そ……そいつと一緒に、寝たくて」

足が勝手に動いた。身体がふらっと前に出る。

「は？　あなた――ちょっと」

三年生は止めようとしたようだが、沙耶はほとんど気付いていなかった。横たわる金春ひつじはまるで眠気のブラックホールだった。二歩、三歩、距離を詰めた途端にぐわっと眠気が襲ってきた。羊の皮をかぶった狼が大きく顎を開けたみたいに、睡魔が一気に沙耶を捉えて引きずり込んだ。

――やっぱり、こいつだった……！

金春ひつじの横に倒れ込みながら、沙耶の頭に浮かんだ感慨は、正解にたどり着いた満足感にも似ていた。

毛布の端に膝を突き、横たわるより前に、沙耶の意識はもう闇に呑まれていた。

ZZZ

病院の廊下はやけに混雑していて、壁際に並んだ革張りのベンチにはたくさんの人が座

いように進んでいくが、誰も私を見ようとしな
って順番を待っている。その間をかき分けるように進んでいくが、誰も私を見ようとしない。壁には感染症予防の啓発ポスターがべたべた貼られていて、悪夢から目覚めた後は必ず熱いコーヒーでうがいをするようにと書かれている。コーヒーのベンディングマシーンには長い列ができていて、備え付けの洗面台に、子供たちがうがいをしたコーヒーを吐き出していた。

診察室の扉が開いて、看護師姿の恋人が顔を出す。

「次の方」と恋人が言って私に気付く。

「あら、遅かったじゃない」と微笑んだ彼女を抱きしめて、いつものようにキスをする。

口を離した恋人が、咎めるように言った。

「コーヒーの味がしないわ」

「生まれてから一度も飲んだことがないから」

「それは危ないわ。ほらほら、見て」

恋人が私の後ろを指差す。振り返るとあんなにいた患者たちは一人もいなくなっていて、白い廊下をたくさんの脚を持つスイジュウが近付いてきていた。

「あなたの眠りに惹かれて来たのよ。下がっていて。私がやっつけるから」

「大丈夫。私にもあれくらいやれる」

カシャカシャ足を動かして迫るスイジュウの前に、私は黄色いカラーコーンを置いて足止めをする。ベンディングマシーンにコインを入れると熱いコーヒーが出てきたので、私は紙コップごとスイジュウに投げつけた。スイジュウはくたくたに潰れて床に広がった。

「どう？」

得意になって振り返ると、恋人はしげしげと私を見つめていた。きらきらと輝くその瞳に思わず見とれてしまう。金春ひつじは眉をひそめてこう言った。

「あなた——誰？」

Z
Z
Z

「はあッ!?」

衝撃とともに目覚めた沙耶が最初に目にしたのは、のしかかるようにしてこちらを見下ろしている金春ひつじの顔だった。

夢の中で感じていた愛しさが夕日の残光のように薄らいでいく。金春ひつじは表情を変えずに沙耶を見つめながら、ゆっくりと首をかしげた。沙耶は怯（ひる）みながら口を開く。

「ど、どうも」

「どーぉも？」

そう答える金春ひつじが何を考えているかわからずに、沙耶はたじろいだ。

「あの……起きていいっすか」

「おはよーございますっ」

「お、おはようございます……」

なんだこいつ怖い。戸惑う沙耶の視界に、横からさっきの三年生が割り込んできた。

「帆影沙耶さん」

「えっ、はい！」

なぜ自分の名前を、と思いながら見ると、いつの間にか三年生の手には沙耶の生徒手帳があった。

「二年C組出席番号三十番の帆影さん。なぜここに来たのか聞かせてもらってもいいかしら」

いいかしらとは言いながら、許可を求める口調ではなかった。

「返してください、それ」

「ちゃんと答えたら返してあげる。これは尋問よ」

「尋問て」

金春ひつじが、ずいと身を乗り出して顔を覗き込んできた。

「沙耶っていうんだ。どこかで逢ったっけ？」

「この間、保健室で……」

束の間視線をさまよわせてから、ぱんと手を打ち合わせる金春ひつじ。

「ああ！　あのときの！」

「そ、そうそう」

「なんかいきなりキスしてきた子だ！」

突然の豪速球に、沙耶は言い訳の一つも思いつけない。

「あっあっ、あれは、その」

「キス……？　どういうこと？」

三年生が訝しげに眉を寄せる。

「す……すんませんでした!!」

沙耶は両手で顔を覆って叫んだ。馬乗りになられて逃げ場のない沙耶には、もはやそれくらいしかできることがなかった。

「なるほど……そんなにひどい不眠症だったのね」

正座して事情を説明し終えた沙耶に、三年生が言った。

「で、今はもう大丈夫と」

「はい……なんでか金春さんがそばにいると、一瞬で寝落ちするんで」

「ひつじでいいよ。沙耶って呼ぶから」

「えっ、そんなアメリカ人みたいな距離の詰め方できない」

若干引き気味の沙耶に向かって目を細めながら、ひつじが言った。

「キスしたのに？」

「うっ」

「初対面でキスはアメリカ人でもそうそうしないですね」

「ううっ」

「撃ち殺されてもおかしくないよね」

「裁判ですね」

「だ、だからごめんって」

ニコニコ笑うひつじにどう接すればいいのか、沙耶はもう全然わからなくなっていた。

「先手(せんて)金春、添い寝」

ひつじが唐突に、かしこまった口調になって言った。

「え？」

「後手（ごて）帆影、キス」

「ぐっ」

将棋の解説か何かのつもりか、真面目くさった顔でひつじが続ける。

「先手金春、昼寝。後手帆影、夜這い」

「ま、まだ夜じゃないですし」

息も絶え絶え、反論にもならない反論を試みる瀕死の沙耶を見かねたのか、三年生が口を挟んだ。

「金春さん、そのくらいにしておきましょう。帆影さんも、あまり気に病まないでください」

「でも」

「夢の中で、金春さんと親しかったんですね？」

「は、はい。逢ったこともなかったのに」

「わかります、デイランドとナイトランドの間では、そういった不整合がときどき起こりますから」

「は……はい？」

唐突に意味不明なことを言われて戸惑う沙耶に、今度は三年生が顔を近付けてきた。

「それよりいくつか詳しく訊きたいことがあります。帆影さん、今の体調はいかがですか」

体調は……よかった。とてもいい。眠っていた時間はほんのわずかなはずなのに、思考が澄み渡っている。

「すごく調子いいです。眠くもないし」

「不眠期間はどのくらい続いていましたか？」

「去年の秋からだんだん始まって、完全に眠れなくなって……だから、もう六ヵ月くらい経ってるのかな」

「六ヵ月！」

「半年も!? うわあ、それはつらいね」

ひつじが目を丸くした。

「そこまで不眠が続いていたら、日常生活がほとんど営めないくらい意識レベルが低下していたはずです。なのに毎日学校に来ていたのですか？」

「ギリギリ歩いたり、話すくらいはできたから……。授業についていけなくて、成績はどん底まで落ちたけど」

二人が顔を見合わせる。

「この子、ネヴァースリーパーじゃない？」

「私もそう思っていました。金春さん、実際に添い寝してみてどうでした？」

「完全にじゃないけど、ナイトランドで明晰(めいせき)活動できてたっぽい。スイジュウを倒したからびっくりしたもん」

「あの……なんの話？」

二人が沙耶に目を戻して、値踏みするようにじっと見つめる。たじろぐ沙耶を観察しながら、ひつじが言った。

「誘ってみる？」

「いいんですか？　金春さんとしては」

ひつじが頷く。

「わかりました」

三年生は、奪ったままだった生徒手帳を沙耶に返しながら名乗った。

「私は藍染蘭(あいぞめらん)。金春さんと同じ、スリープウォーカーをしています」

「スリープ……ウォーカー？」

困惑する沙耶に、藍染蘭は言った。

「あなたには素質があると思います。それも、おそらく稀少なネヴァースリーパーの。どうでしょう、私たちに協力してくれたら、安らかな眠りを提供できると思いますよ」

5

スリープウォーカー。夢遊病者、睡眠時遊行症患者。

睡眠中に寝床を抜け出して、意識のないままうろうろする病気――睡眠障害の一種だ。

沙耶があとから調べたところ、そんな知識が得られたが、藍染蘭が言っているのはどうも単なる病人の集いではなさそうだった。

「私たちスリープウォーカーは、秘密裏に人々の眠りを守る活動をしています。一般には知られていないことですが、人間の眠りはスイジュウによって脅かされているんです」

「スイジュウ……」

「あなたが眠りの中で倒したあれですよ。睡眠のスイに、ケモノと書いて睡獣」

「ねえ、蘭。そんな一気に説明したらだめじゃない？　沙耶ちゃんフリーズしてるよ」

「どうせ簡単に信じてもらえるわけがないから、五月雨式ではなく一気にやっつけてしまったほうがいいでしょう」

「少し乱暴じゃないかしら」

「見ず知らずのあなたにいきなりキスをしてくるような子ですよ」

「それもそうね」

「ちょっと！」

抗議の声を上げる沙耶だったが、蘭は気に留める様子もなく続けた。

「スリープウォーカーは睡獣を退治するのが役目ですが、その中でも向いている役割は人それぞれです。あなたの素質はおそらく、ネヴァースリーパー。夢に影響されることなく行動できる不眠者は数少なく、睡獣との戦いでは貴重な戦力になります。だから、帆影さん——協力してくれませんか？」

「い、いきなりそんなこと言われても」

「ええ、もちろん」

沙耶が拒否することを予測していたかのように、蘭は性急に頷いた。

「信じろというのが無理でしょう。説得に時間をかけようとは思いません。その気になったらここへどうぞ」

そう言って手渡されたのは、厚紙のポイントカードだった。〈境森寝具店〉という店名に加えて、住所と電話番号が記されている。

呆然とカードを見つめていると、ひつじが言った。

「ちょっと立ってくれるかしら。毛布を畳みたいから」

「あ、うん……」

促されるままに立ち上がり、痺れた足でよろめく沙耶の前で、ひつじが慣れた手つきで毛布を畳んで抱えた。

沙耶に向かって、蘭は薄く笑いかけた。

「まあ一晩寝て考えてみてください。無事眠れるものなら、ですが」

脅迫めいたことを言い残して、藍染蘭は踵を返した。

「明日ならみんなそこにいるから。じゃーね」

ひつじも蘭に続いて去り、屋上には沙耶一人だけが残された。

「なんなん……」

微妙な屈辱感を覚えつつ立ち尽くす屋上にチャイムが鳴り響いた。時計を見ると、いつの間にか六時間目が終わっていた。

翌日の放課後、沙耶はポイントカードに書かれた寝具店を目指して歩いていた。

昨日は結局、眠れなかった。悔しいことに、藍染蘭の言ったとおりだ。沙耶の不眠は相変わらずで、ひつじの隣で味わったような深い眠りどころか、浅いまどろみに辿り着くことすらできなかった。

協力してくれたら、安らかな眠りを提供できる——蘭の言葉は、それだけでは信憑性が低かったが、ひつじが一緒にいるとなれば話は別だった。

スリープウォーカーとか睡獣とかいう怪しげな話はともかく、あの甘美な眠りだけは真実だ。すがるような思いで、沙耶は記載された住所へ足を向けた。

ネットで調べたところ、境森寝具店は実在するようだった。事前に電話をかけてみたが、留守番電話にもならずにコール音が鳴り続けるだけなので諦めた。住所を頼りに、地図アプリを見ながら歩いていくと、だんだんひと気のない街区に入っていく。

「ほんとにこっちでいいのか……？」

薄暗いシャッター商店街を通り抜けた先は、倉庫が並ぶ殺風景な一角で、ときおり大きなトラックが歩道をかすめるように走っていく。曇り空の下、とぼとぼ歩いているとどんどん心細くなってくる。

——私大丈夫かな。あんまり大丈夫じゃないよな。ていうか、え？　昨日の話、なに？　スリープウォーカー？　そういう……設定？

なりきりで、ごっこ遊びしてるのかな……演劇っぽいやつ？　それなら好きにすればいいと思うけど、私はあんまり興味ないな。この不眠症をどうにかしないとそれどころじゃないし。協力……協力って何すればいいんだろ。ほんとに安らかな眠りが訪れるのか。あの先輩、適当言ってたらただじゃおかないからな。

でもキスしちゃったのはまずいよなあ。弱みを握られてしまった……。

鬱々（うつうつ）と考えながら歩いていた沙耶は、足を止めて顔を上げた。

周囲の建物と比べて変わったところのない、黒い屋根の大きな倉庫が目に入った。地図の示す目的地はどうやらそこだ。搬入口はシャッターが下りていて、建物前の駐車場はコンクリートのヒビから雑草が伸びている。シャッター横に小さなドアがあって、〈境森寝具店〉の飾り気のない看板が掲げられていた。

扉に近付いて、様子を窺う。ガラスの覗き窓がついているが、中は暗くてよく見えなかった。

インターホンもついていないので、しばらく迷ってから、沙耶は扉をノックしてみた。

返事はなかった。誰かが中で動く気配もない。

試しにドアノブに手を掛けてみると——開いてしまった。

「ごめんくださーい……」

おそるおそる声をかけながら、中に足を踏み入れる。

「すみませーん……？」

扉の先は短い通路になっていた。スチールのロッカーや枯れた鉢植え、埃をかぶった石油ストーブが壁際に寄せられている。通路の左側に引き戸があって、搬入口のある側に通じているようだ。

どこかに照明のスイッチがないかと壁際に目を凝らしていると、後ろから声がした。

「沙耶！」

不意を突かれて飛び上がる。振り返ると、戸口に金春ひつじが立っていた。沙耶の顔を見るなり、ひつじは目を丸くした。

「わっ、ひどい顔！」

「はあ!?」

ナチュラルな罵倒にムッとする沙耶。ひつじは慣れた風に手を伸ばして、通路の電気をつけた。

照明の下でしげしげと沙耶の顔を見直して言う。

「目の下のクマすごいよ。よく眠れなかったの？」

「昨日の私の話聞いててそういうこと言う？　ずっと眠れてないんだってば！」

「私と寝た後はもっとスッキリした顔してたよ」

しれっとそう言うと、ひつじは沙耶を追い越して中に入っていく。二人の背後で扉が閉まった。

「来てくれて嬉しい。あなたみたいな子を仲間に入れようとしても、だいたい信じてくれないから」

「別に信じたわけじゃ……」

ひつじがいつの間にか取り出した鍵を使って、引き戸を解錠した。

「手伝って。この扉重いの」

「あ、うん」

言われるままに手を貸して、重い扉を二人で引っぱる。ゴロゴロと音を立てて扉が開くと、ひつじは真っ暗な中に入っていって、ふたたび電気のスイッチを入れた。

高い天井からぶら下がる照明が、いちばん手前の列から順番に点灯していく。

そこはまるで寝具の見本市か、そうでなければ眠りの世界を舞台にしたテーマパークのようだった。巨大な倉庫いっぱいに、一定の間隔をおいて、大きさも形もさまざまな、ベッドや布団やハンモックがずらりと並んでいる。

ひつじは沙耶を先導して、寝具の間を歩いていく。

「どう？　こんな光景見たことないでしょ」

心なしか自慢げに言うひつじ。

「あるよ」

「え？　どこで？」

「ＩＫＥＡの寝具売り場」

そう答えると、ひつじは面白くなさそうに唇を尖らせた。

「沙耶はかわいげがないと思うの」

「悪かったね」

とはいえ寝具の列は行けども行けども尽きず、沙耶もその規模のすごさは認めざるを得なかった。ようやく端までたどり着くと、目の前にはマットレスや毛布などが梱包されたまま収められた棚が、天井まで続く壁となって立ちはだかっていた。

迷宮に足を踏み入れたような気分で棚の間の通路を歩いていくと、不意に開けたスペースに出た。四方を巨大な棚に囲まれたその場所の中央には、三つのベッドが並んでいた。

ベッドサイドテーブルには読書灯やマンガや学校の教科書が置かれ、少し離れたソファセットのテーブルにはお菓子の袋とマグカップ。片隅にはガス台と流し、冷蔵庫と食器棚がひとまとまりになった一角があった。

「トイレはあっちね」

ひつじが右手の棚の切れ目を指差してから、コーヒーテーブルの上のマグカップを取り上げた。ソファにカバンを放り出して、流しでカップを洗い始める。

「沙耶はお湯を沸かしてくれる?」

「え」

「みんなが来るまでお茶でも飲んで待ってようよ。コーヒーでもいいけど」

「……わかった」

ガス台の上に置かれたヤカンに水を入れて火にかけた。テーブルの上のバスケットに、茶葉の缶やインスタントコーヒーがまとまっている。

「どれでも好きなのを使って」

そう言われたので、カモミールを選んだ。安眠に効くと言われるハーブティーだ。もっとも、自宅ではいくら飲んでも気休めにしかならなかったのだが。

ヤカンがピーッと鳴いたので、ティーポットにティーバッグを入れてお湯を注ぐ。ひつじは木の菓子器に煎餅を載せてきた。

「〈雪の宿〉?」

「甘くてしょっぱくて、なんにでも合うのよ」

お茶を注ぐとハーブの香りが立ち昇った。ひつじのマグは金色で、羊のキャラクターが描かれていた。沙耶のマグは来客用のものなのか、簡素な白無地。それこそＩＫＥＡで安売りされていたのを見たことがある気がする。

ソファに向かい合ってお茶を啜る間の沈黙に耐えきれず、沙耶は訊ねた。

「ここは何なの」

「私たちのベッドルーム。仕事場でもあるわね」

「仕事って、スリープウォーカー……だっけ」

「そうそう。お金をもらうこともあるから、本当に仕事よ」

それを聞いて沙耶は驚いた。改めて周りに目を走らせる。確かにこの場所といい、ごっこ遊びと言うには大がかりすぎる。

「じゃあ、本当なんだ。その、睡獣とか、いろいろ」

「もちろん」

「そ、そっか」

「心細そうな顔してる」

からかうようにひつじが言った。一瞬言い返そうかと思ったが、何が何だかわからず心細いのは確かだった。俯いてしまった沙耶に、ひつじがいくぶん優しい口調で続けた。

「みんな揃ってから説明するから。心配しないで」

糖衣のついた煎餅を所在なくかじっていると、そのうち倉庫の遠いところから、ぱたぱたと足音が近付いてきた。

ほどなく棚の迷路の中から女の子が飛び出してきた。眼鏡をかけたおとなしそうな少女で、私服姿だ。

「わーごめんなさい遅れました……って、まだ二人？」

「慌てなくても大丈夫だよ、てんちょ」

ひつじが言った。

「金春さん、今日は早いですね……あれ？　こちらは」

「あ、どうも……」

「この子は沙耶ちゃん。ナイトキストで、新人さん候補」

「あ、そうなんですね！　初めまして、境森翠（みどり）といいます」

少女があたふたと頭を下げる。

「翠ちゃんはね、この寝具店の跡継ぎなんだよ。だからてんちょ」

――店長、か。

続いて近付いてきたのは、何かがコンクリートの上を滑走するシャーッという音だった。

スライド移動で姿を現したのは、ポニーテールの少女だった。沙耶やひつじとは別の高校の制服にパーカーを重ねている。踵に車輪のついたローラーシューズを履いていることに気付いて沙耶は少し驚いた。小学生のときに流行ったあれを、高校生にもなって履いているやつを見たのは初めてだ。

「おっすー。あれ、新入り？」

「うん、そう。沙耶、この子は――」

「朱鷺島カエデでっす。よろよろ」

と彼女が名乗った直後、藍染蘭が別の通路からスッと姿を現した。

「揃いましたね」

「わあ！」

沙耶を含む四人がぎょっとするのを尻目に、蘭は澄ました顔でソファに座った。テーブルを囲んだ彼女たちの雰囲気から、沙耶も察した。このチームのボスは彼女なのだ。

6

「私たちスリープウォーカーは、眠りの中で自在に動ける特殊能力者です」

お茶と茶菓子が行き渡ると、蘭がそう切り出した。

「全ての人間の眠りは繋がっていて、私たちはそこを一つの世界として行き来します。集合的無意識の中を歩き回っていると言えるかもしれません」

「集合的無意識――」

沙耶も何かで聞いたことがあった。すべての人間は無意識のレベルで接続していて、そのため世界中の神話やシンボルなどに共通点があるのだ、というような説だったと思う。

「通常の人間は、眠りの中では意志を失います。意識レベルが上昇したときも、状況を夢として知覚できるだけで、記憶や感情に支配されて自分をコントロールできない。しかし、ときおり眠りの中で自我を取り戻す人がいる」

「沙耶も夢の中で、自分が夢を見ていると気付いたことはない？」

ひつじが訊ねる。

「あった……かも。すぐ目が覚めちゃったけど」

「自分が夢を見ていることに気付き、それを維持しながら眠りに留まるのは容易ではありません。ですが、適切な訓練を積めば次第に夢での滞留時間が延びていく。無期限の明晰活動も可能になります」

蘭が続けた。

「こうして眠りの中で自由に行動できるようになると、そこには広大な夢の世界が広がっています。オーストラリアのアボリジニは、夢時間（ドリームタイム）という名前で呼んでいました。私たちは眠りの世界を〈ナイトランド〉、目覚めている間の世界を〈デイランド〉と呼んで区別しています」

「ナイトランドの中だと、なんでもできるんだ」

ソファの上であぐらをかいた朱鷺島カエデが、〈雪の宿〉をぼりぼり齧（かじ）る合間に言った。

「明晰夢って知ってる？　夢を見ていることに気付けた人間は、夢をコントロールできるようになる。空を飛ぶこともできるし、好きなキャラクターを登場させたり、自分を変身させることだってできる。やりたい放題。めっちゃ楽しいよ」

「やりすぎるとコントロールを失って、明晰さを失うこともありますけどね」

境森翠がお茶のカップをふうふう吹きながら言った。

「せっかくなんでもできるんだから、ケーキでもなんでも食べ放題だと思うじゃないですか？　でも味覚はかなり再現が難しいんですよね。ナイトランドに入るたび毎回挑戦するんですけど、なんだか食感も味も、ティッシュ食べてるみたいで……」

「てんちょは気合が足りないんだよ」

「そんなことないですよぉ。思いっきりやってるのに美味しくないのが悔しくて悔しくて……」

翠がカエデに不満げな目を向けて言った。

「私たちはケーキ食べ放題のために危険を冒しているわけじゃないんですよ。スリープウォーカーにはちゃんと果たすべき役目があるんです」

蘭が言った。

「それが、睡獣を倒すってやつ？」

沙耶が訊ねると、蘭は頷いた。

「その通りです。ナイトランドには睡獣――〈サンドビースト〉として知られる存在が跋扈しています」

「サンドビースト？　砂の……獣？」

「昔はサンドマンと呼ばれていました。ドイツの民話に登場する眠りの精ですね。人の目に砂を撒いて、眠りに誘う……」

「砂かけばばあみたいだよね」

ひつじが口を挟んだ。

「砂かけばばあは目をじゃりじゃりさせるだけだと思いますが……。睡獣はサンドマンと呼ぶには挙動に知性が感じられないので、いつしかサンドビーストと呼ばれるようになったようです」

ビースト――。沙耶が目撃したあれも、確かに人間とはかけ離れた姿だった。というか、獣にもまったく似ていなかった。

「名前はどうでもいいんだけど、睡獣っていったいなんなの？」

「人間に根を張り、その眠りを蝕(むしば)みながら、ナイトランドの中でカビのように広がっていく存在です――自律した夢、精神寄生体とでも言いましょうか」

「眠りを蝕む……私の不眠もそれかな」

「ええ。あなたはおそらく、睡獣に対するアレルギーを持っているんでしょう。周囲に睡獣がいると眠りに近付くことができず、不眠に追い込まれてしまう」

「猫アレルギーなのに気付かないまま猫を飼ってたー、みたいな感じだね」

カエデの比喩に、蘭が微妙な表情になった。

「猫は睡獣よりずっとかわいいですよ」

「えっ、そこ？」

「まあいいですけど。ともかく、睡獣に寄生された人間はナイトランドに精神を囚われ、やがて自我のない状態でディランドに睡獣をばらまくキャリアになります。放っておくと多数の人間に寄生してナイトランドを侵蝕するため、早めに感染を止めなければなりません」

「私もそのキャリアになっちゃうとこだったってこと？」

沙耶が訊ねると、蘭は首を横に振った。

「帆影さんは違うコースを辿ったと思います。睡獣アレルギーのせいでナイトランドに入ることができませんから、睡獣に寄生されたまま心身を消耗していって――遅かれ早かれ、死んでいたでしょうね」

沙耶にとっては、大げさには聞こえない言葉だった。むしろすんなり納得できてしまった。

――何が〈眠れなくて死んだ人はいない〉だ。嘘つけ！　やっぱり死ぬんじゃないか！

「あの、大丈夫ですか？」

沙耶がよほど青い顔をしていたのか、翠が心配そうに覗き込んできた。

「ああ、うん……ありがと」

「半年保っただけですごいよ！　私だったら三日で死んじゃう」

「いや早すぎでしょ。せめて一週間はふんばれって」

ひつじにカエデが突っ込んだ。

「大変でしたね、帆影さん。でも、もう大丈夫ですよ。あなたのような人を助けるために、スリープウォーカーがいるんです！」

蘭が得意そうに胸を張った。

「というわけで、改めて紹介するわね。ここにいる四人が、この街のスリープウォーカー。私がリーダーの藍染蘭」

蘭はソファに座った面々に手を差し伸べて、順番に紹介し始めた。

「金春さんは〈ブランケット〉。添い寝することでどんな人でもあっという間に眠らせる、眠らせ屋」

「眠らせ屋——？」

「私が寝ていると、周りの人も寝ちゃうの。授業中にうっかり居眠りして、起きたら教室の全員が沈没してたことがあったわ」

「ええ……？　先生起こさなかったの？」

「先生も寝てたもの」

だから教室ではなく、保健室や屋上で寝ていたのか——。沙耶の抱いていた疑問が一つ解決した。腑に落ちると同時に、口からふっと言葉が漏れた。

「金春さんと一緒にいると眠くなっちゃうの、私だけじゃなかったんだね」

「誰でも、みんなそうだよ。なんで？」

「え……」

訊かれて沙耶はよくわからなくなった。

——なんでだろう。というか、なんで自分だけだと思ったんだろう。

「沙耶だけじゃないと、何か困る？」

ひつじが沙耶を探るように見つめて言った。

「困りはしないけど……別に」

戸惑う沙耶に、蘭が紹介を続ける。

「朱鷺島さんは〈ピローファイター〉。ナイトランドでの戦闘に長けたスリープウォーカーです」

「せ、戦闘？」

「そうだよー。睡獣はけっこう攻撃的だからね。油断するとこっちがやられちゃう。あたしは夢を操作して戦うのがみんなよりも得意みたい。沙耶っちにも教えてあげるよ」

カエデが屈託なく笑った。

「翠は〈ベッドメイカー〉。寝具もろもろを扱う器材屋です。睡眠環境を整える裏方で、スリープウォーク中も私たちの面倒を見てくれます」

「あ、あの、眠りの中で調子がおかしくなったら教えてください。なんとかできると思います」

翠が控えめに言ってぴょこんと頭を下げた。

四人に揃って見つめられて、沙耶は居心地悪くソファの上で身をよじった。

「えと……これで全員？　四人だけ？」

「そう。あなたが加われば五人になる」

蘭がテーブルの向こうから身を乗り出した。

「昨日言ったとおり、あなたには、〈ネヴァースリーパー〉の素質がある。夢に入っても、夢の影響を受けない、眠りを失った者。〈ナイトキスト〉――睡獣に齧られた犠牲者の中に、ときどきそういう特殊能力が発現する人がいるの」

「……私に何をしろっての？」

沙耶が怯んでいると、カエデがあっけらかんと言った。

「難しく考えることないって。大昔から続く由緒正しい仕事だよ。ナイトランドにダイブして、人間に寄生している睡獣をやっつける。正義の味方！」

そんなに単純なものなのか……？　沙耶が戸惑っていると、蘭がソファから立ち上がって言った。

「それじゃ、さっそく一緒に寝ましょうか」

「は？」

「何をするにも、まずは帆影さんに寄生した睡獣を駆除しないと」

「いやそれはいいんだけど、一緒に寝るというのは、どういう……？」

「言ってなかったかしら。スリープウォーカーは添い寝することで、眠りを共有することができるの。あなたはもう、それを体験済みでしょう？」

7

席を立つ四人に続いて、沙耶もおっかなびっくり立ち上がった。

くっつけられた三つのベッドに向かいながらカエデが訊ねた。

「ねーリーダー、今日もこのベッドでいいの？」

「問題あります？」

「沙耶っちがいるからさ、替えてもいいのかなって」

「ああ……帆影さん、潔癖症だったりします？　違いますよね。大丈夫ですね」

「なんでそれ訊いたんですか。答える前に決めつけられると嫌なんですけど」

「金春さんに抱きついて寝てましたし、どう見ても違うでしょ」

「う……ぐっ……」

思わず助けを求めるみたいにひつじの方へ視線を向けてしまったが、ひつじは素知らぬ顔である。よく考えたら当の本人に助けを求めるのも筋が通らない話だ。どちらかというと相手は被害者なのだから。

「あの、帆影さんはどんなベッドが好きとかあります?」

翠が訊ねた。

「ベッドでもいいし、お布団でもいいし。枕の中身とか、シーツの素材とか、好みの寝具を教えてくれたら、だいたい揃えられると思いますよ」

そういえばこの子は器材屋とか言ってたっけ——。話題が変わったことに内心ほっとしながら、沙耶は首をひねった。

「うーん……正直よくわからないんだよね。不眠症をなんとかしようと、枕を変えたりいろいろやってみたけど、結局なんにも効果なかったし」

「なるほどなるほど。じゃあ、今のところひつじちゃんがいちばんお気に入りの寝具ってわけですね」

「なっ……」

とんでもないことをさらりと言われて二の句が継げない沙耶に、新品の歯ブラシを差し出して、翠は微笑んだ。

「寝る前に歯磨きしたほうがいいですよ。それは差し上げます」

「先に流し使うね」

ひつじがカバンから取り出した歯磨きセットを手に、キッチンの方に向かった。歯ブラシを握ったまま束の間立ちすくんでいた沙耶だったが、ようやく我に返って、蘭に向かって訊ねた。

「どのくらい本格的に寝るんですか。何時間くらい……」

「そうね、まずは三時間にしておきましょうか。個人差はあるけど、眠りはだいたい九十分を一サイクルとして浅くなったり深くなったりを繰り返すから、スリープウォークもそれを目安に組み立てるとスムーズなんです」

時計を見た。十六時半。三時間後はもう暗くなっているだろう。

「おうち大丈夫？　寝る前に連絡入れといた方がいいよ」

カエデが自分もスマホをフリック入力しながら言った。沙耶も助言に従って、姉に遅くなるとメッセージを送信しておくことにした。

もらった歯ブラシで歯磨きをして、口をすすぎ、ベッドのそばに戻った。各自上着を脱ぎ、リボンやタイを外し、襟元や袖口を緩め、靴下を取って、寝る準備を進めている。それぞれ服を入れる籠があって、そこに脱いだものを放り込んでいるようだ。

「はい、これ使ってください」

翠に籠を渡されて、沙耶もおずおずと上着を脱いだ。翠はシーツを新しいものに取り替えたり、ベッドサイドのテーブルの目覚まし時計をセットしたりと、忙しく立ち働いている。上を見ながら真剣な顔でサーキュレーターの角度を調節しているので、釣られて見上げると、高い天井に業務用の大型エアコンが設置されていた。どうやら吹き下ろす風が直接ベッドに当たらないように調整しているらしい。

真っ先にカエデがベッドに飛び乗った。

「沙耶っち、もうオッケー？　おいでおいで」

「う、うん」

距離感が摑めない！　初対面の面子で一緒に寝ようと言われたとき、どういう感じで接すればいいのだろうか。ただ添い寝するだけと言えばそうなのだが、準備をするうちにどんどん緊張してきてしまった。

「お邪魔……します」

「どーぞどーぞ」

おっかなびっくり、ベッドに乗る。視点が下がると、ベッドの上はずいぶんと広く感じられた。クイーンサイズのベッドを三つ、隙間なく繋げた上を、特注としか思えない広大なシーツが覆っている。そこに大小の枕がいくつも転がり、色とりどりの毛布やタオルケットがランダムに配置されている。

「五人いるから暑いと思うかもしれないけど、お腹にはなんか掛けといた方がいいよ。ゴロゴロピーになるから」

既に仰向けに寝っ転がったカエデが言った。

次に蘭がベッドに上がってきた。ノースリーブのトップスにショートパンツというさっぱりした格好になっている。

「着替えたんですね」

「制服皺になっちゃうから。帆影さんも寝間着用意してもいいのよ。翠に見立ててもらってもいいし」

「いやまだ一緒にやるって決まってないですし……」

沙耶がごにょごにょ言っていると、隣にひつじが勢いよく腰を下ろしてベッドを揺らした。

「往生際が悪いのね、沙耶」

そう言うひつじは、いつの間にかチャイナ風のパジャマに着替えていた。

「翠！　あなたも早く」

「は、はいー」

睡眠環境が満足のいくものになったのか、蘭に呼ばれて翠もベッドに上がってきた。五人揃ってもベッドには余裕があって、動き回ることもできるくらいだった。

「それじゃ、真ん中にどうぞ、帆影さん」

蘭に促されて沙耶は慌てる。

「え？　私？」

「もちろんそうよ。沙耶が主役のパーティじゃない。ほらほら」

ひつじにも急かされて、沙耶はベッドの真ん中に押し出された。

「え……どうすれば？」

「好きな姿勢で寝てください。仰向け、うつぶせ、横向き、なんでも。抱き枕とか使います？」

「いや、要らない……たぶん」

仰向けに寝て、大きな枕に頭を預けた。他の四人も、沙耶を取り囲むように、思い思いの格好で身を横たえる。全員、沙耶の方に頭を向けているのは共通していた。

翠が手を伸ばして、ベッドサイドテーブル上のリモコンを操作すると、照明が徐々に落ち始めた。周囲が暗くなっていく中、少し離れたコーヒーテーブル上の小さな灯りだけが柔らかい光を投げかけている。

ひつじが隣にいるからすぐに眠りに落ちるものと思っていたが、なかなか眠気が訪れなかった。消灯した後も、気が昂(たかぶ)っていて眠れない——まるで修学旅行の夜だ。そう思うと、女の子だけで寝ようとしている状況もよく似ている。

「……あの」

沈黙を破って沙耶は口を開いた。

「前みたいに一瞬で落ちるわけじゃないんですね」

「今日はゆっくりなの？　金春さん」

蘭が横になったまま訊ねると、ひつじが答えた。

「せっかく沙耶が一緒に来てくれるから、急がなくてもいいかなと思って。だってなんだか、焦って寝るのはもったいないじゃない？」

「こうして一緒に入眠するのは初めてですもんね」

「金春さんのブランケット能力は凄いんですよ。周りの人の集合的無意識に繋がって、抗えない眠気を流し込むんです。普段は抑えてますけど、その気になればきっとどこまでも影響範囲を広げられるんじゃないかしら」

「そうそう」

「これでもだいぶコントロールできるようになったのよ」

ひつじが心なしか自慢げに言う。蘭が沙耶の方を向いて微笑んだ。

「心配しないで、気を楽にして。すぐに眠気がやってくるから、それに身を任せて。難しいこと考えなくていいの。普通に寝ればいい……」

「普通の寝方、もう忘れちゃいましたよ私」

沙耶がぼやくと、ひつじが言った。

「お喋りしてても大丈夫だよ。私がいれば、みんな必ず寝ちゃうから」

「そうですね。せっかくだから帆影さん、何か訊きたいことがあったらこの機会にどうぞ。きっと疑問だらけでしょう」

蘭に言われて、沙耶は少し考える。

「じゃあ……こういうの、いつからあったんですか？」

「スリープウォーカーのことですか？　同じ役割を果たしていた人間は、古代からいたようですよ。うちには、平安時代に京の都で夢枕のまじないが云々という文書が伝わっています」

「先輩の家に？」

「そう。私の家は神社なんです。境森家とは古くからのつきあいだったんですけど――」

「ここの前の店長をしていたおばあちゃんが亡くなって、私が寝具店を急いで継がなきゃならなくなったんです」

翠があとを引き取って言った。

「蘭ちゃんはスリープウォーカーの知識を受け継いでたから、二人で始めたんですよ。だから、最初は私と蘭ちゃんしかいなかったんです」

「金春さんと、朱鷺島さんは？」

「あたしもひつじっちも、睡獣にやられたところをリーダーと翠に助けてもらったんだ。だから境遇は沙耶っちと同じ」

「そうだったんだ……」

話題が途切れて、しばらく沈黙が落ちた。ふたたび口を開いたときには、沙耶の口調は少しぼんやりしたものになっていた。

「なんで女の子ばっかりなんだろうって、思ったんですよ、最初」

「……はい」

蘭の相槌も一瞬間が空くようになっている。

「こうやって添い寝することを考えると、そりゃそうなるよなって思いますけど、今は」

「ええ……」

「で思ったんですけど。ここにいるのは女ばっかりだけど、他にスリープウォーカーがいるなら、それでそっちも同じようにグループでやってるとしたら、どっかに男ばっかりで添い寝してる人たちがいるんですかね」

「それな！　それ」

カエデが力強く声を上げた。やや滑舌が怪しかったが。

「めっちゃ見てみたい。男だらけのスリープウォーカー。なんならあたし本描くし。同人誌」

「読みたいです、その本」

ぼんやりした声で翠が言った。

「えー、それはちょっと」

「じゃあなんで言ったんですか……」

「それは、だって、ほら……」

益体のない会話も相まって、沙耶もどんどんぼんやりしてきた。意識が頭の中心に向かって落ち込んでいくような、目眩にも似た感覚が生まれる。それを感じ取ったかのように、ひつじが囁いた。

「――おやすみなさい」

その一言がトリガーとなったのか、次の瞬間、沙耶の意識は眠りに引きずり込まれていた。

ZZZ

その山あいに一匹の竜が住んでいることに、里の者は長い間誰も気付いていなかった。ある日暮れ、一人の薬売りが近道のために涸れ谷を通り抜けようとした際、初めてそこに大きな飛びトカゲが寝そべっていることに気付いたのである。薬売りは肝を冷やしたが、竜は瞼を半分開いて興味のなさそうな視線をちらりと向けただけだった。

火の息で消し炭にされることも、長い首を伸ばして一呑みにされることもなさそうだと安心した薬売りは、おっかなびっくり竜に近付いた。竜が動こうとしないので興味を引かれたのである。あなたはいったいここで何をしているのかと訊ねると、竜は答えた。この谷間に百合の花が咲かなくなって久しい。おまえも知っているだろうが、竜は花を食べるのだ。われは百合の花を喰らって幾千年も生きてきたが、花が咲かなくなってはどうしようもない。もはやこの不毛の谷間で朽ちていくのみだ。

虚しく語る竜の鱗(うろこ)は美しい白で、長い尾と翼の先は薄い黄緑。目は濃い黄色に輝いている。その姿を見て薬売りは言った。自分の姿を見てみるといい。谷間の百合を食べ尽くしたあなたは、花そのものになってしまったのだ。

薬売りの差し出した手鏡を覗き込んで、竜は言った。なるほどそうか、喰らう花がなくなるのも道理だ。われはもはや百合であったのだな。しかし、はて、それではこれからどうすればいいだろうか。長い歳月を百合喰らう大竜として過ごしてきたから、他のやり方を知らぬ。人間よ、知っていたら教えてくれぬか。その言葉の終わるころには、竜の姿はもはやなく、涸れ谷だったそこは見渡す限り百合の原となっていた。これがそこで摘(つ)んだ百合の花だよ、と私は金春ひつじに一輪の百合を差し出した。

ひつじが百合を受け取り、目を閉じて顔を寄せた。

「いい香り。濃厚で、頭がくらくらしちゃう」

「大丈夫かい？　愛しい人、私を包む輝く羊毛さん、横になってもいいんだよ。草の褥(しとね)が私たちを柔らかく抱き留めてくれる。花喰いトカゲの寝床に勝るベッドはこの世にひとつもないだろう」

「私の大事な沙耶、本当に素晴らしいわ。でもそれはまた今度にしましょう」

「どうしてだい。この百合の谷間には私たち二人きり、恥ずかしがることはないさ」

「ああ、沙耶、あなた、持っている鏡をご覧なさい」

そう言われて私は手鏡を覗き込んだ。銀色の表面には何も映っていなかった。私は首をかしげる。

「どういうことだろう、愛しい人？」

「手を貸して、沙耶」

言われるままに差し出した私の手の人差し指をひつじが摘んで引っ張ると、指は何の抵抗もなく伸びた。十センチ、二十センチ、痛みも違和感もなく伸びていく。はたと悟って私は叫んだ。

「あっ⁉　これ夢だ！」

ZZZ

「はっ」

沙耶はあまりの衝撃に目を覚ました。暗い倉庫の中、コーヒーテーブル上の灯りに照らされて、ベッドの上に四人が身を横たえている。静かな寝息の四重奏に、沙耶の荒い息づかいが混ざる。

おそるおそる隣のひつじに視線を落とした。

ひつじが眠ったまま眉根に皺を寄せて、手を伸ばすと、沙耶の胸元にひたりと載せた。

「まだでしょ……逃げないで……」

ぐらりと世界が傾いて、沙耶はふたたび眠りの中へと引きずり込まれた。

Z
Z
Z

闘技場(コロセウム)の乾いた砂に頰を押しつけて私は倒れていた。錘(おもり)のついた戦闘用の網が、もがけばもがくほど身体に絡みついてくる。対戦相手の剣闘士が三叉(みつまた)の槍を掲げると、観客席がどっと沸いた。

とどめを刺せと口々に叫ぶ観客たち。貴賓席(きひんせき)の皇帝が手を掲げると、どよめきは潮が引くように収まった。数千人が固唾(かたず)を呑んで見つめる中、皇帝の手が親指を下にして振り下ろされると、群衆がふたたび大歓声を上げた。

剣闘士は皇帝に一礼すると、身動きできない私のもとに歩み寄り、三叉槍を私の背中に突き立てた。

痛くはない。ただ息が苦しい。こうやって死んでいくのかという衝撃とやるせなさに泣きそうになっていると、剣闘士が言った。

「あれ、ちょっと、大丈夫？　沙耶っち」

「……え？」

顔を上げると、剣闘士姿のカエデが身をかがめて私を見下ろしていた。確かに刺さったと思った槍はもうどこにもない。

「朱鷺島……さん」

「そうだよ、沙耶っち。やっと捕まえた。これ夢だよ。わかる？」

「今わかった、けど、息が、苦しい」

「息苦しいだって。翠ー」

サイレンの音が聞こえてきたかと思うと、闘技場の砂の上を救急車がやってきて止まった。運転席から下りてきたのは、救急隊員姿の翠だった。砂の上に膝を突いて、私に語りかける。

「大丈夫です、よくあることですよ。デイランドの方でお腹に手なんか置いてたりすると、わずかな息苦しさが眠りの中で増幅されて、ひどくうなされたりするんです。落ち着いて、ゆっくり息をしてください」

吸って……、

吐いて……。

吸って……、

吐いて……。

「その調子です。息が苦しいときは、慌てず呼吸に集中してください」

「う、うん」

「夢で窒息することはありませんし、最悪でも単に目が覚めるだけです。……もう大丈夫そうですね」

そう言われて気がつくと、いつの間にか私は、砂の上に二本の脚で立っていた。満員だった観客席にはもう誰もいない。残っているのは貴賓席の皇帝だけだ。

皇帝――トーガをまとって月桂冠をつけたひつじが、ひらりと砂の上に下りてきた。すたすたと歩いてきて、私を見上げる。

「夢だって教えてあげたのに、逃げるなんてひどいじゃない」

「ごめんね。びっくりしちゃったんだ」

拗ねた表情もかわいいなあと思いながら、私はひつじの額にキスをする。

「あらまあ」

カエデが目を丸くして、素っ頓狂な声を出した。

「え、え？　お二人って、もともと仲良しだったんですか？」

翠がびっくりしたように訊ねるので、私とひつじは顔を見合わせて笑い出す。

「そうなの。どうしてかしらね」

「そうなんだよね。どうしてだろう」

「へえ～、なるほど～」

カエデが口に手を当てる。なんだか楽しそうだった。

「沙耶、眠りの中で夢を見ていることに気付く簡単なテクニックを教えてあげる。レッスン1よ」

「うん、教えて？　ひつじ先生」

「明晰夢を見る有名な方法よ。自分の手を見るの」

「手？」

私は言われたとおり、両手を広げて見下ろした。

「自分の手ほど日常見慣れているものはそうそうないでしょ？　そのわりに、すごく複雑な形をしてる。多分、手を見ていると、ちょうどいい感じに脳に負荷がかかるんだと思うのね。そこで指を引っ張ってみたりすると、なんの抵抗もなく変形するから、自分が夢の中にいることがすぐにわかるの」

「ほんとだ！」

私は二倍の長さに伸びた人差し指に思わず声を上げた。引っ張った手を離すと、掃除機のコードを巻き取るみたいに指はするっと元に戻った。

「最初にやったときみたいに、鏡を覗き込むのも有効ね。ほとんどの場合、夢の中の鏡はまともに機能しないの。どうしてだかわからないけど」

「憶えておくよ」

「手をいじくり回すのは、夢の中で変身する訓練の取っかかりにもいいと思うよ。慣れるとこんなことも――」

カエデがそう言って、両腕を勢いよく広げた。一瞬で羽毛が生えそろって、差し渡し三メートルはある大きな猛禽の翼が現れる。今や闘技場の砂の上にいるのは、人面鳥身の美しい怪物だった。カエデが羽ばたき、砂を巻き上げながらその身体が浮き上がった。救急車の屋根の上に着地すると、鱗の生えた鉤爪が易々と車体に穴を開けた。怪物の重量でタイヤが四つともパンクして、車体が沈み込む。

「フフーン、どう？」

「すごい……きれいだ」

「でっしょー」

私の感嘆の声に、カエデは鳥の胸をそびやかした。

翠が呆れたように言った。

「あんまりイキらないでください、カエデさん」

「イキってないよ！」

「それはそうと……リーダーはどこ？」

ひつじがきょろきょろとあたりを見回す。

「ここですよ」

思いがけず近くから答えがあった。ぎょっとして振り向くと、砂の上に蘭が屈み込んでいた。フードのついたケープに、大きな弓と矢筒を背負っている。

「見てください、これを」

そう言って指差す先に目をやると、砂の上にたくさんの小さな痕跡がついている。百足(むかで)のような、脚がたくさんあるものが這った跡に見えた。

「なんですかこれ」

「帆影さんに寄生した、睡獣の足跡です」

蘭が立ち上がって言った。

「ここで仕留めようと思ったのですが、異変を察知したのか、逃げ出したようです」

「逃げたってことは、私、睡獣から解放されたってこと？」

「そうだったらいいんですが、放置してもまた戻ってきますよ」

蘭はあっさりそう言って、私の喜びを無に帰した。

「気付かれたのって、私が夢から出ちゃったからですか、もしかして」

「それもあるとは思いますが、気にしないでください。もともと睡獣はスリープウォーカーを警戒していますから。いずれにしても、追いかければ済む話です」

「そうそう、だから早く行こうよ！」

カエデが急いたように羽ばたいた。

「ええ。帆影さん、この闘技場はあなたの頭から創造された情景です。ちょうどいい機会ですから、あの壁を消してみましょう」

「え、私がですか？」

困惑して私は聞き返す。周囲をぐるりと取り囲んでいるのは壁というか、巨大な建築物だ。すり鉢状の観客席は見るからに堅牢な石造りで、消せと言われて消せるようには到底思えない。

「レッスン2です。どんなに頑丈そうに見えても、ナイトランドのすべては想像力の生み出したものに過ぎません。壊そうと思えば何でも壊せる。消しゴムで消すとか、爆弾で破壊するとか、ビームで溶かすとか。思い浮かべやすい方法で構いません」

思い浮かべやすい方法……。私は闘技場の端まで歩いていって、壁面に触れた。手のひらにざらざらした石の感触。太陽で温められているはずなのに、温度は感じなかった。手がかり一つない切り立った壁面を、指で四角くなぞる。石の上に細い線が刻まれたので、縁に爪を立てて引っ張ってみた。レンガくらいの石材がズボッと抜けて、砂の上に落ちた。

途端に、周囲の壁面が支えを失ったみたいに崩れ始めた。崩壊は止まらず、勢いを増して、ドミノ倒しのように広がっていく。観客席も貴賓席も、十秒足らずでばらばらになって砂の上に散らばった。

押し寄せる凄まじい砂煙に顔を覆う前に、後ろから強い風が吹き寄せてきた。振り返ると、カエデが大きな翼を広げて羽ばたき、砂煙を寄せ付けないよう風を起こしているのが見えた。

崩れ落ちる石材は砂の中に呑み込まれて、気がつくとあたりは見渡す限りの砂漠になっていた。

「どうかな」

やり遂げた気分で訊くと、ひつじが首をかしげた。

「地味ねえ」

「ええっ」

「もっといくらでも派手にできたと思うの」

「派手だったらいいってものじゃないですよ。初めてにしては上手だったと思います」

翠がフォローしてくれたが、私はショックを受けていて、お礼を言いそびれてしまった。

「派手じゃなくて全然いいんですけど、想像力の幅は意識して広げておいた方が、眠りの中での自由度は高まります。夢が貧しくなってくるのは危険信号ですから、頭の片隅にでも置いておいてください」

蘭に言われて、まだよくわからないながらも私は頷いた。

「ともかく、これで見通しがよくなりました。睡獣を追いかけることができます」

蘭の指差す先を見ると、足跡は闘技場のあった場所を越えて、砂の上を遙か彼方まで続いている。

「それじゃ、行きましょうか。今度は乗り物を出してみましょう。帆影さん、やってみてください」

「出すって……今度はどうすれば？」

「レッスン3です。夢の中では、どんなものでも作り出せます。武器も、道具も、乗り物も。あなたの想像力の及ぶ範囲ならなんでも。さっきと同じです」

「複雑なものは難しいけど、複雑さを意識しなければ意外といけるよ」

カエデが口を挟んだ。

「どういうこと？」

「んーと、たとえば、銃を出したいと思ったとするじゃん？　でも銃の仕組みって本当は結構複雑だよね。頭の中で思い描ける？」

「無理」

「でしょ。そこにこだわるとドツボにはまるの。でも銃を、引き金を引けば弾が出るもの、くらいのふんわりしたイメージで思い浮かべると、あっさり作れたりする」

「なるほど……？」

私は少し考えて、移動手段を思い浮かべようとする。車……飛行機……橇（そり）……。よぎっては消えていく漠然としたイメージの中から一つを捕まえて、ディテールアップしようとする。

砂を踏むドスドスという足音が聞こえてきて、私は顔を上げた。五頭の馬がそこに立っていた。

「……出た」

ほっとして呟く私に、面白そうな声でカエデが言った。

「砂漠なのにラクダじゃないんだ？」

「あっ、そっか……そこまで頭が回らなかった。やり直した方がいいかな」

「これでいいでしょ。素敵じゃない」

今度はひつじのお気に召したようだった。

「でも、馬の蹄だと砂の上で走りにくそうじゃない？」

「地面の方を変えればいいのよ」

そういうと、ひつじがかぶっていた月桂冠を放り投げた。落ちた場所から砂の上に草が生えてきた。みるみるうちに緑の絨毯が広がり、砂を覆っていく。睡獣の足跡だった部分には、色とりどりの花が咲いていた。

「これでよしと。行きましょう！」

私たちは馬の背にまたがった。カエデも変身を解いて、人間の姿に戻って救急車の屋根から下りてきた。乗馬経験もないし、鞍もあぶみもない裸馬だったけれど、夢の中だからか何の不自由もなく飛び乗ることができた。たった一つの問題を除けば——。

「あれ？　えー？　なんかおかしくない、これ」

「ふふふ！　変なの」

口々に笑い声が上がった。私の作り出した馬に乗ると、どういうわけかみんな、後ろ向きになってしまった。つまり進行方向とは逆の、尻尾の方を見ながら馬に揺られることになる。

「沙耶、あなた、ずいぶんひねくれてるのね！」

ひつじが楽しそうに言って、自分の馬の尻をぴしゃりと叩いた。馬がいっせいに走り出して、誰からともなく歓声が上がった。私も昂揚感に突き動かされるまま笑っていた。

晴れていた空はいつの間にか、青みがかった夜の色に変わっていた。それでもあたりは充分に明るくて、視界に不自由することはなかった。

地平線から大きな月が昇ってきた。あまりにも大きくて美しい、夢の中でしかあり得ないような月だった。手を伸ばせば届きそうなその月の下を、私たちは後ろ向きで馬に乗って、笑いさざめきながら駆けていった。

何分か、何日か、何カ月かが過ぎて、行く手に動くものが見えてきた。流木を組み合わせて作った針金細工のようなそれは、何本もの脚を規則正しく動かしながら、私たちから逃げようとしていた。足跡から次々につぼみが膨らみ、花が開いていく。

「あれが私に取り憑いていた睡獣――?」

「そのようですね」

「なんか、大きくない?」

距離が近付くにつれて、睡獣のサイズはどんどん大きくなっていった。学校の校舎と同じくらいの巨大な構造物が、ぎしぎし音を立てながら草の上を驀進(ばくしん)していく。私たちの馬がついに追いつき、横に並んでみると、サイズの違いに圧倒されそうになる。

「沙耶! 怖がらないで!」

蹄の音に負けない声で、ひつじが叫んだ。

「あなたが怖がるほど、睡獣も強くなっちゃう!」

「わ、わかった……」

とは言ったものの、怖いものは怖い。

「こんなのどうやったら倒せる……うわっ!?」

睡獣の側面に並んだ脚がいっせいに振られて、周囲を薙(な)ぎ払った。地面がごっそり掘り返されて、馬が次々に転倒する。

宙に舞い上げられた私の身体が、何かに捕まえられた。見上げると、ふたたび人面鳥身の怪物になったカエデが私を鉤爪で掴んでいた。

カエデが力強く羽ばたいて、地面がぐんぐん遠ざかっていく。睡獣の背中の上で、カエデが鉤爪を開いた。

着地した背中には長い毛が生えそろっていて、巨大な長毛種の犬のようだった。足がくるぶしまで沈み込む。下から見たときの機械じみた印象とは違って生き物っぽいので意表を突かれた。

私の隣に、カエデが着地して翼を畳んだ。

「あ、ありがと」

「おけおけ」

「他の人は……？」

周りを見回していると、翠が続いて背中に飛び乗ってきた。

「カエデさんグッジョブでした」

「でっしょ」

ケッケッと鳥じみた含み笑いをするカエデの後ろから、ひつじがふわりと浮かび上がってくる。

「あっ沙耶、無事だった」

「無事じゃなかったらどうする気だったの？　ひつじ、助けてくれなかったじゃない」

「あのくらいでやられる沙耶じゃないでしょ。私、よく知ってるもの」

言われてみればその通りだった。ひつじと一緒にいれば、私はなんでもできるのだ。たとえば……空を飛ぶとか。

そう心に浮かんだ途端、前触れもなく足が宙に浮かんだ。

「わっ！」

驚きに声を上げた拍子に制御を失って、くるりと上下がひっくり返った。頭上に睡獣の背中、足の下に空が広がる。次の瞬間、私は落ち始めた。私を見上げるひつじたちが、みるみるうちに遠ざかっていく。どこまでも続く青い虚空に呑み込まれる恐怖に悲鳴を上げかけたとき、襟首を掴まれて、唐突に落下が止まった。

「筋がいいですね、帆影さん」

首をねじって振り向くと、私を捕まえたのは蘭だった。

「レッスン4は空を飛ぶ方法、だったのですが、もうやり方わかっちゃいました？」

「わ、わかんない。気がついたら浮いてたから」

「夢の中で飛ぶのは簡単です。特別なことだと思わずに、普段歩いたり話したりするのと同じように、当たり前にできると思うのがコツです」

「てっきり、朱鷺島さんみたいに翼がないと駄目なのかと」

「それがしっくりくるなら翼でもなんでもつけていいんですよ。でも、何にもなくても飛ぼうと思えば飛べるんです。今みたいに焦ってコントロールを失うと、意図しない動作をしますから、なるべく早く慣れることですね」

いつの間にか私の足はふたたび地面を向いていた。

ひつじたちがふわりと浮き上がって、私と蘭のところに近付いてくる。

五人が揃うのを待って、蘭が言った。

「さあ——それじゃ、あの睡獣を狩ってしまいましょう」

蘭が矢筒から矢を取って、弓につがえる。きりきりと引いて放つと、矢は一直線に飛んで、睡獣の背中の真ん中に突き刺さった。

睡獣が咆哮した。電子楽器の音色のようでもあったが、多分、吠え声なのだと思う。それを合図にしたかのように、カエデが翼をすぼめて急降下していった。鉤爪を備えた二本の脚が、落下の勢いを乗せて睡獣の身体に突き刺さり、引き裂いた。毛が舞い散って、脚なのか骨格なのかわからないものがまき散らされる。

ひつじが両方の拳を打ち合わせると、無骨な金属音が響いた。いつの間にかその手には黄金の籠手(こて)が嵌(は)められている。

「先に行くね、沙耶！」

そう言って、ひつじも睡獣に飛びかかっていった。背中に着地すると、ものすごい勢いで殴り始める。ディランドとのギャップに私は驚いた。ひつじはこんなに激しい子だったのか……。

次は翠の番だろうかと様子を窺うと、翠が言った。

「どうぞ、帆影さん。私はベッドメイカーなので、基本的にバックアップのために控えてるんです」

そういえばそんなことを言ってたような気がする。

蘭が今度は、弓を上向けて、睡獣ではなくその進行方向遠くへと矢を放った。それから私の方を振り返る。

「レッスン5ですよ、帆影さん。とにかく想像力の限り、遠慮なく、めちゃめちゃにぶっ壊してください」

ぶっ壊す……ぶっ壊す……？

私は慣れない方向の想像力を呼び起こそうとする。攻撃的な……破壊力のある……何か。

どうにかひねり出すことができたのは、野球ボールくらいの大きさのいびつなウニか、刺々しい金平糖の群れとでも表現するしかないものだった。

「なんですかそれ？」

翠に訊かれて困ってしまった。

「何だろう……」

私の困惑をよそに、金平糖は睡獣の方へ落ちていった。どうなるのか見ていると、金平糖が睡獣の周りでいっせいに爆発したので、私はのけぞった。たくさん生えた睡獣の脚が何本もふっ飛んで、大きく姿勢が崩れる。

ひつじが拳を振り上げて抗議の叫びを上げた。

「あぶなーい！」

「ごめん！」

だいぶダメージを与えたように見えたが、睡獣の歩みは止まらない。身体を半壊させ、パーツをまき散らしながらも、ひたすら前へ前へと突き進んでいく。

そこに、ふっと大きな影が差した。

振り仰ぐと、空から降ってくる巨大な細長いものが目に入った。地響きと共に地面に突き刺さったそれは、螺旋（らせん）を描いてそびえ立つ石造りの塔だった。睡獣は進路を変える暇もなく、突然現れた尖塔に激突した。

尖塔が根本からへし折れて、膨大な量の石材が頭上から降り注いできた。睡獣の脚が次々と砕けて、胴体が砂の上に叩きつけられる。

他の三人と同時に、私も急いで飛び退いた。次々と落ちてくる石が、睡獣を生き埋めにしていく。

ようやく崩壊が収まって静かになった。睡獣を押し潰した石材の山のてっぺんに、蘭がすたっと着地した。

「ふう。みんな大丈夫？」

空中から近付いて、私も石山の上に降り立つ。

「すごい。あの塔、藍染先輩がさっき放った矢ですよね？」

「帆影さんがやってたことの真似をしてみたの」

蘭がそう言うと、上からカエデが降りてきた。

「パクリやんけ」

「いいでしょう別に」

「想像力が貧しくなるとよくないってリーダー言ってたじゃん」

翠とひつじも降りてきて、ふたたび五人が揃った。

「ひつじ、これで私に取り憑いてたやつは退治できたってことでいいの？」

「ううん。睡獣は身体の中に核みたいなものがあって、それを壊さないとだめ」

「核？」

「見てて」

ひつじが脚を蹴り上げて、石の山に叩きつけた。石が細かく砕け散って、下敷きになった睡獣の姿が現れる。起き上がろうとするその胴体に、ひつじの手がものすごい勢いで突き刺さった。

肘まで突っ込んで引き抜かれた手には、うす水色の卵のようなものが握られていた。

睡獣の身体がぼろぼろと崩れ始めた。表面がどんどん、砂のように細かくなって、地面と見分けが付かなくなっていく。

ひつじが拳を握りしめた。小さな手の中で、睡獣の核が乾いた音を立てて砕けた。

同時に、どこからともなく、鐘の鳴るような重低音が響き渡った。

これは何――？　私は声を張り上げたが、次第に大きくなる音に掻き消された。とうとう空気そのものがびりびりと震動し、地面の砂が沸騰したように躍り始めた。

Z Z Z

けたたましいアラームで目を覚ました。沙耶を取り囲む四人ももぞもぞ身動きしている。

ひつじは寝始めから完全に百八十度回転していて、右脚が沙耶の胸の上にどっかと載っていた。

寝苦しかったのはこれのせいか――。沙耶が足首を掴んで身体の上からどけると、ひつじが抗議の呻きを上げた。

「やーめーてー」

「こっちの台詞だよ!」

他のメンバーもだいぶ寝相が悪かった。中でも蘭は身体がねじれた上にベッドからずり落ちかけていた。

翠がベッドの上を四つんばいで移動して、アラームを止めた。寝るときは目覚まし時計のいちばん近くにいたはずなのに、睡眠中にどう移動したのか、ベッドの反対側に寝ていたようだ。

「ん~~~、よく寝た!」

カエデが伸びをしてからぱっと起き上がって、ベッドから下りた。首をコキコキやりながら、トイレの方へ歩いていく。

沙耶も続いてベッドの縁まで這っていって、足を下ろした。裸足に床がひんやりと冷たい。立ち上がるとふらついた。一瞬視界が暗くなる。

「……っととと」

「大丈夫ですか？　疲れたでしょう」

翠がサイドテーブルから眼鏡を取りながら言った。

「疲れたっていうか……なんかくらっと来た」

「低血糖ですよ。脳がすごく活発に動いたせいで、糖分が不足してるんです。いまコーヒーを淹れますから、甘いものを食べて少し休みましょう」

ほどなくコーヒーの香りが倉庫の中に漂いはじめ、目覚めの遅かったひつじや蘭もようやく起きてきた。髪や服を少し寝乱れさせた五人は、ふたたびソファに腰を落ち着けた。

チョコレートと一緒に、濃いコーヒーが出てきた。ただでさえブラックコーヒーを飲み慣れない上に、カフェインの入っている飲み物はしばらく控えていた沙耶だが、口に含んだチョコレートが熱いコーヒーで溶ける感触を味わっていると、疲労した脳に糖分が染み渡っていくのがわかるような気がした。

「これで帆影さんもスリープウォーカーですね」

蘭が言った。

「まだ一緒にやるとは言ってなかったと思うけど」

「改めて訊くまでもないと思ったんですが。目が覚めて、今の気分はどうですか？」

沙耶は黙った。気分はよかった――この半年経験したことのない、とてつもなく爽快な目覚め。いや、もしかすると今まで生きてきた中でもっとも気持ちのいい目覚めだったかもしれない。たった三時間の睡眠で、八時間たっぷり寝たみたいに頭が晴れ渡っていた。

「確か帆影さんには、快適な眠りを約束したように記憶してますけど」

「……憶えてます。ありがとうございます」

「いえいえ」

「でもあれで、私に寄生していた睡獣は倒せたんですよね？　じゃあ、これ以上私が何かする必要なんて——」

「もちろん、強制するつもりなんてないですよ。これからは普通に寝られると思います。一人でもね」

沙耶の内心を見透かしたかのように、蘭が微笑んだ。

「ただ、今日みたいな気持ちのいい眠りは、一緒にスリープウォークしないと味わえないと思いますよ」

「…………」

「せっかく巡り会えたのだから、一緒にやれたらいいなと思うんです。ゆっくり考えてください」

沙耶が言葉に詰まっていると、カエデが声を上げた。

「やー、それにしても、ひつじっちと沙耶っちがそういう感じだったなんてね」

翠も頷く。

「ですね、ちょっとびっくりしちゃいました」

「へ？」

「へ？　じゃないよ。完全に恋人同士だったじゃん。寝る前は全然そうは見えなかったのに」

その途端、沙耶の脳裏に、眠りの中でのひつじとの会話が一気にフラッシュバックした。

「あ……あああああ!?」

奇声を放って立ち上がる沙耶。思わずひつじに顔を向ける。ひつじは黙って沙耶を見返して、目を合わせたままゆっくりとコーヒーを啜った。

「ちっ、違う。違うの」

「何が違うの、沙耶っち」

「あれは夢！　夢の中だけだから！」

「ええ？　キスしてたじゃん」

「してなっ……したけど、おでこだから！　ノーカンでしょ！」

「夢の中だからノーカン？　ひどくないですか？」

翠の口調は明らかに面白がっていたが、沙耶にはそれを指摘する余裕もなかった。蘭はニコニコ聞いているだけだし、ひつじは何のフォローもしてくれない。それどころか、沙耶の反応に腹を立てたように、ぷいと視線を逸らしてしまった。

「くっ……もういい！　私帰る！」

沙耶は立ち上がってカバンを引っ摑んだ。

「その気になったら、また来てくださいね」

翠が言った。

「来るでしょ、沙耶は……どうせ」

ひつじがそう言いながらあくびをした。

わかったような口を利かれてムッとした沙耶は、ベッドルームを後にすると、倉庫の出口に向かって足早に歩き出した。

8

確かに眠れるようになった。

睡獣を倒して以来、沙耶の夜にはふたたび眠りが訪れた。あれほど苦労していたのが嘘のように、家でも、学校でも、眠くなったら簡単に眠れてしまう。

むしろ眠れすぎると言ってもいいくらいだ。この半年間、眠気の波に必死で乗ろうとしてきた癖なのか、授業中に少しぼんやりしただけであっさりと寝落ちしてしまう。それでも、眠れないまま朦朧としているよりははるかにマシだった。

ふたたび身体が眠りに慣れるまで一週間ほどを要した。遅れた授業に追いつくのはそう簡単ではなさそうだったが、保健医に話したところ、担任教師への相談に同行してくれた。補習の算段がつき、勉強の見通しが立つと、家族にも顔向けができるようになった。

「だいぶ顔色よくなってきたじゃん」

ある朝家を出ようとする沙耶をしげしげと見て、姉の亜弥がそう言った。

「ほんと？」

「目の下のクマ薄くなった」

「でもまだ完全には取れなくてさあ……」

「お姉ちゃんふんわりと好きよ。不健康な感じして」

「不健康なんだよ！　実際！」

機嫌を損ねる沙耶をげらげら笑って、姉はリビングに引っ込んでいった。

不眠の間は、学校も家も針の筵（むしろ）のように感じられていたが、冷静になってみるとそういうわけでもなかった。ちゃんと寝てさえいれば、人生はおおむねうまくいく——それが半年の地獄を経て沙耶が得た知見だった。

だが——日が経つにつれて、沙耶の中で、焦りのようなものが徐々に膨らんでいった。渇きと言ってもいいかもしれない。最初はよくわからなかったその感覚が、ただ普通に寝ることへの不満だと気付いたとき、沙耶は愕然とした。

一人で寝るよりも、金春ひつじと添い寝したときの方がずっと深く、安らかに、気持ちよく眠れていたのだ。

怪しげな寝具店の倉庫で、五人で雑魚寝したあの三時間が忘れられなかった。

もう一度彼女たちと眠りたい。スリープウォークしたい。その渇きを自覚したとき、沙耶の足は、自然に境森寝具店へと向かっていた。前回の訪問から数えて、ちょうど二週間後のことだった。

「いらっしゃい。来てくれるって信じてました」

寝具店のドアを叩いた沙耶を、待ち構えていたように蘭が迎えた。

「その後調子はどうですか？」

「すごくいいですけど——でも、なんか、寝足りなくて」

　蘭は何度も頷いた。

「そうでしょうね。無理もないです」

「え……？」

「話は中でしましょう。みんな揃ってます」

　寝具の列と、背の高い棚の間を抜けて、沙耶はふたたびスリープウォーカーたちの寝室に足を踏み入れた。

「あっ、沙耶っち！」

　いち早く気付いたカエデがにこやかに手を振ってくる。翠とひつじもソファから振り返って沙耶を見たが、驚いている様子はなかった。蘭に促されて腰を下ろした沙耶に、翠が言った。

「結構我慢しましたね。やっぱり帆影さんはネヴァースリーパーだから、私たちより耐性があったのかも」

「どういう意味？」

「一度スリープウォークすると、癖がつくんですよ。普通に寝るより、ずっと気持ちよく眠れるから」

四人の顔を見るが、からかわれているわけではなさそうだった。

「ちょ、ちょっと待って。つまり、その、スリープウォークって……依存性があるってこと？」

「まあ、そういうことになりますね」

蘭がしれっと言う。

「なんてことしてくれてんの⁉」

沙耶は思わず立ち上がって叫んだ。

「みんなで私を騙してたの？　スリープウォーク中毒に引きずり込もうとして⁉　信じられない、そんなの――」

「仕方ないのよ」

ひつじの言葉に、沙耶は一瞬口をつぐんだ。

「……仕方ないって、何が」

「みんなそうなるの。私と添い寝した人は」

「みんな……」

沙耶は改めて、テーブルを取り囲むメンバーを見回した。蘭、カエデ、翠、目が合うとみんな黙って頷いた。

「でもね沙耶、騙すつもりはなかったのよ。だって——最初に私のベッドに潜り込んできたのはあなたなんだから」

「え？　違うでしょ、私が寝ようとしてたら金春さんが勝手に」

「私が寝ている間に沙耶が勝手にキスしたのよね」

「それは関係ないでしょ⁉」

苛立たしげにため息をつくと、ひつじは沙耶に向かって手を差し伸べた。

「……何？」

「ごたくはいいのよ。本当に安らかな眠りが欲しかったんでしょう？　今も欲しいんでしょう？」

「それは」

「いいよ——おいで」

そう言うと、ひつじが目を閉じて、ふうっと脱力した。

ぐらっと沙耶の視界が揺れた。

「あ、あ」

音が遠くなる。視界が暗くなっていく。自分でも知らないうちに、ひつじの手を取っていた。吸い込まれるようにソファに倒れ込んだときには、沙耶の意識はもうなくなっていた。

Z Z Z

象の背中に揺られていると、いつからこうしているのかわからなくなってくる。女たちが行く手に撒いた金貨と花をそっと踏みつけながら、一面の水田を象が行く。

「騙すなんて酷いじゃない」

そう非難するが、私を膝枕したひつじは、悪びれずにくすくす笑う。

「騙してなんかいないわ、愛しいあなた」

「でも何も言わなかった」

「聞かれなかったもの」

ひつじが果物の鉢から葡萄(ぶどう)をとって、なおも抗弁しようとする私の口に触れさせる。つるりと濡れた感触が唇を通って、喉の奥へと消えていく。

「味がないよ」

「あら残念」

白亜(はくあ)の宮殿を後にした私たちの行列は、密林へと進んでいく。今夜私たちは虎を狩るのだ。喉と腹に黒檀(こくたん)の鎧をつけた水牛にまたがって、虎撃ち銃を担いだ家来たちが行列の先頭を行く。遠く、雪をかぶった山嶺(さんれい)を赤く染めて太陽が沈むと、代わって松明(たいまつ)が路上の金貨を煌(きら)びやかに輝かせた。

のんびりした旅に眠気が襲ってくる。うとうとしかけたとき、ぺしっと頰をはたかれた。見るといつの間にか、蘭と翠が乗ったもう一頭の象が隣に寄せてきていた。蘭が手に持った小さな鞭の先端で叩かれたようだ。

「痛い。何するの」

「寝たら駄目ですよ、帆影さん」

「どうして」

「スリープウォーク中に寝てしまうと、ナイトランドに吞み込まれてしまいます」

「吞み込まれる?」

「ナイトランドで眠ってしまったスリープウォーカーは二度とデイランドに戻れないと言われているんです。気をつけてくださいね」

翠がさらりと恐ろしいことを言った。

「しゃんとしてください。今日の虎は手強いですよ」

蘭の言う虎が睡獣を指していることはもう私にもわかっていた。蘭は銃身を三つ束ねた長銃を持っていて、私の手にも同じ武器があった。蘭と私はゆったりした男装、翠とひつじは薄物にベールという踊り子のような格好だった。

「カエデはどこ？」

「ここだよー」

聞こえてきた声に振り返ると、六本の腕にそれぞれ偃月刀（えんげつとう）を持った全身真っ青な女神像が、行列の後方から地響きを上げながら歩いてきていた。

「強そう」

「でっしょー？」

密林の中に踏み込むと、松明の光も届かぬ暗闇から、夜空の星を銀糸で繋いだ蜘蛛（くも）の巣のような睡獣が現れた。虎にはまったく似ていなかったが、どこか動物のような艶（なま）めかしい動きをしていた。

血に飢えた女神と化したカエデが突進して睡獣とぶつかり合う。長銃がいっせいに火を噴き、密林の中を赤々と照らし出した。

ZZZ

「……ごまかされないから！」

ソファで目を覚ますやいなや大声を上げた沙耶を、ひつじが面倒くさそうな顔で押しやった。

「せっかく安らかに眠らせてあげたのに」

「ありがとう！　頼んでない！」

ひつじに対する温かい感情が、胸からすうっと消えていく。熱に浮かされて見ていた夢が、平熱に戻って思い出せなくなるように。起きているときには好きでもなんでもない女。

ひつじも同様に、拗ねたように口を尖らせて沙耶から離れていった。

カエデと翠もソファから身を起こした。蘭は完全にひっくり返って床にずり落ちていた。

どうやら前回の寝相の悪さはたまたまではなかったようだ。

コーヒーとお茶菓子で、意識がだんだんはっきりしてくる。今日のお菓子はブルボンのルマンドとチョコリエールだった。

黒くて苦くて熱い液体を啜りながら、沙耶は訊いた。

「私たち、これは何をやってるの？」

「どういうこと？」

「この前、私に寄生した睡獣を倒したのはわかるよ。でも今回のは？　あれも誰かに寄生してたの？」

「そうですね。ナイトランドは繋がっていますから、どこの誰かはわかりませんけど。あれで見知らぬ誰かが不眠や悪夢から解放されたと考えると、少しはいい気分になりませんか？」

「睡獣ってそんなにいっぱいいるんだ」

「夢魔、インキュバス、サキュバス、ブーシュヤンスター、ザントマン……夢をもたらす魔物の言い伝えは昔から世界中にあります。人間の夢に寄生して増えていく、実体のない存在。スリープウォーカーはずっと彼らと戦い続けてきました。私の家も、境森さんの家も」

澄ました顔で言う蘭の顔を睨み付けてから、沙耶は言った。

「騙されて依存症にされちゃったのがマジでショックなんだけど」

「人間は全員、睡眠の依存症ですよ。最初に金春さんと添い寝したときから、帆影さんの運命は決まっていたんです」

しばらく黙って考えてから、沙耶は不承不承口を開いた。

「まあ……いいよ、どうせ寝るんだし、寝られないよりはずっとましだ」

蘭から翠、カエデ、ひつじへと視線を向けて、沙耶はため息をついた。

「わかったよ、一緒にやるよ……。私なんか引き込んで、どうなっても知らないからな」

9

飛行機の中で目を覚ます。轟々と風を切って飛び続ける音が聞こえる。客室内の灯火は落とされている。たくさんの乗客が椅子に座って、静かに寝息を立てている。

気圧で耳が少しおかしい。唾を飲み込む。

暗い座席の列の向こうに、読書灯で照らされた一席。見覚えのある後ろ姿が座っている。

懐かしい……とても懐かしい。見ているだけで涙が溢れそうになる。

声をかけようと口を開いた瞬間、喉の奥から一羽の鳥が飛び立った。

懐かしい後ろ姿は席を立って、機体前方へ歩いていく。鳥になった私は、眠る乗客たちの頭上を滑空して追いかける。

彼女はカーテンをめくってファーストクラスへ消える。私も続こうとするが、鳥の体ではどうしてもカーテンがめくれない。きれいな青いカーテンが、嘴でぼろぼろになっていく。

そのとき、後ろから手が伸びてきて、私のためにカーテンを開けてくれた。その先にあったのは服屋の試着室だ。正面の壁に掛けられた大きな鏡の中には、私の姿がなかった。はっとして視線を落とす。翼だった腕が手のひらに変わる。私はようやく、自分が夢を見ていることに気付いた。

「明晰ですか？　帆影さん」

いつの間にか、正面の鏡の中に蘭の姿があった。

「明晰？」

「夢をコントロールできてるかってことです」

「まあ、たぶん。夢だって今気付いたところなんで」

そう答えると、自信のなさを悟られたか、蘭が眉をひそめた。

「たぶんじゃだめですよ。夢の慣性は強力ですから、ぼうっとしてるとあっという間に明晰さを失って、普通に夢を見ているのと同じになっちゃいます。自分に訊いてみてください、帆影さん、あなたは何者ですか？」

「何者と言われたら……スリープウォーカー、なんですかね」

「それは何をする人？」

「みんなと一緒に、睡獣を狩る……」

「みんなというのは、具体的には誰か言えますか？」

ぐいぐい訊いてくるな、と思いながら私は答えた。

「藍染先輩、朱鷺島さん、境森さん、それに、ひつじ」

蘭が満足げに頷く。

「大丈夫そうですね。固有名詞は明晰なままでいるのが意外と難しくて、うっかりすると全然違う名前で呼んでまったく違和感を持てなかったりします。今の感覚を覚えておいてください。様子がおかしいと思ったら、そこに戻れるように」

実際のところまだ自信はなかったが、私は頷いておいた。蘭がくるりとターンして、鏡の中を歩き出す。

「他のみんなに合流します。ついてきてください」

私は蘭の後に続こうと、鏡の縁をまたいだ。枠を通り抜けて先に進むと、四方が合わせ鏡になってどこまでも続く試着室の迷宮が現れた。鏡の中には、私たち二人だけが映っていない。

と、延々と連なる試着室の中を、何か大きなものが横切った。

「先輩、いまのって」

「睡獣ですね。追いましょう」

「え、追いかけるんですか？　合流してからの方が——」

「見逃すと面倒です。大丈夫、二人だけでも行けますよ」

鏡から鏡へと泳いでいく影を追いかけて、私たちは先へと進んでいった。通り過ぎる試着室は、脱ぎ捨てられた衣服やハンガーが放置されていて、直前まで誰かがいたような雰囲気を留めていた。

やがて、試着室が途切れて広い空間に出た。ギリシャ風の石柱が立ち並ぶホールで、天井はない。私たちが追ってきた睡獣が、明るい夜空に浮かんでいた。たくさんの櫂で空を掻く、ガレー船にも似た睡獣で、船首に当たる部分にはさまざまなサイズのガラス瓶が不規則に生えていた。瓶の中の不明瞭な光源があたりに蒼白い光を投げかけている。

「武器を用意してください、帆影さん」

蘭が肩から大きな弓を下ろした。両端に滑車がついて、太い弦が何本も張られた、強力そうな弓だった。

「武器って……」

「前にもやったでしょう。できるだけ強そうな武器を持っていると思い込むんです」

「この前は、なんかウニみたいなやつしか出せなかったです」

「想像力を鍛えるしかないですね」

改めて蘭の格好を見ると、さっきまで制服姿だったような気がしていたのに、いつの間にかファンタジーもののRPGに出てきそうな、ごてごて装飾のついた装備に身を固めている。

「先輩は手慣れた感じがしますね」

「私もともとゲーマーだったから、こういうのは得意。帆影さんも、何か馴染みのあるものの中から武器を思い浮かべればやりやすいですよ」

蘭が腰の矢筒から長い矢を引き抜いた。クジャクのように鮮やかな青緑色の矢羽根が、睡獣の投げかける光を反射して燦めいた。矢を弓につがえてぎりぎりと引き、放つ。叩きつけるような弦音を残して矢が宙を奔り、睡獣のガラス瓶が何本かまとめて砕け散った。その音をまるで咆哮のように響き渡らせて、睡獣が身体を傾けた。並ぶ櫂の列と平行に、体表にスリットが入って、中から無数のレンズが現れて私たちの方を向いた。

「見られてます?」

「見られてますね」

レンズが瞬いたかと思うと、細い光線が走って私たちの足元を焼いた。慌てて飛び退く私たちを、光線が追尾してくる。そのうちの一つが私の腕をかすめた。

「熱っ！」

「大丈夫？」

「大丈夫ですけども！　スルガフキのおくさを塗って、そのまま朝までいれば大丈夫です」

私は冷静に答えた。こういうときの対処はよくわかっている。今日『月刊ここ恵みSP』の巻頭特集で読んだからだ。

「先輩もおくさを塗りますからじっとしていてください。いつも持ち歩いてるんです私。ほら」

私が愛用のおくさチューブを取り出してキャップを外し、中身を指先に絞り出すのを見て、蘭が言った。

「あ、だめだこれ――翠！　お願い！」

「ちょ、ちょっと待ってえ」

背後の試着室の方から声がしたかと思うと、息を切らしながら翠が走ってきた。

「あ、境森さん。いっしょにおくさを……」

言いかけた私の額に翠が手を伸ばして、指を弾いた。

「えい！」

「痛ぁ!?」

本気のデコピンに悲鳴を上げる私に、翠が言った。

「自分の手を見て。明晰になってください。自分の名前が言えますか?」

「ほ、帆影……ほかげ……なんだっけ……」

翠が蘭と顔を見合わせる。

「いったん起床させます」

翠がそう言うと、私の口元にひたりと手を置いた。

馬に乗ったひつじと、腰から下がライオンになったカエデが試着室群の方から駆けてくるのを見ながら、私の意識は暗転して――

Z Z Z

ベッドの上で目を開けると、翠が沙耶の上に覆い被さるようにして様子を窺っていた。

はっとして声を上げようとした沙耶の口を、翠の手が覆う。

「しーーっ。みんなが起きます。落ち着いて、もうディランドですから」

沙耶が落ち着いたのを見て取ったか、翠が手を離す。

「……ごめん、私なんか変なこと言ってたよね？」

「気にしなくていいです。ただのうわごとですよ。睡獣の攻撃は、私たちの明晰さを削ってくるんです」

まだ混乱が残っていた。よく似た別の言語で日本語を上書き保存されたような違和感が、じんわりと薄らいでいく。

「もう少し休みます？　あとから来てくれてもいいです」

「や、大丈夫。行く。ごめん」

沙耶と翠は、ふたたびベッドの上の元いた場所に横たわった。ちょうどひつじを挟んで反対側の位置になる。仰向けに寝て深い寝息を立てているひつじからは、ほとんど目に見えそうなくらい濃厚な眠気の波が伝わってくる。〈ブランケット〉――どんな人間でも眠りに引きずり込むというひつじの能力が、沙耶と翠を着実に絡め取っていく。

意識がぼんやりしていくのを感じながら、沙耶は言った。

「今のはひつじに言わないでおいてもらえます？」

「どうして？」

「えー、だって……睡獣にやられて、うわごと言ってたなんて知られたら……恥ずかしいし……」

「意外と気にするタイプなんですね、帆影さん」

「意外って何？　ちょっと──……」

ZZZ

何本もの石柱が倒れたホールに睡獣の巨体が横たわっている。竜骨が無惨にへし折れて、抜け落ちた長い櫂が石畳の上に無数に散らばり、舳先のガラス瓶は一本残らず砕けていた。

「早いな。もう片付いちゃってますね」

翠の言葉に顔を上げると、睡獣の残骸の上に、ひつじたち三人が立っているのに気が付いた。向こうも私たちが戻ったことに気付いたようだ。ひつじが背伸びをしてこちらに手を振っている。

「さっきの話ですけど──入眠する直前の」

「何も言いません。でも注意してください、スリープウォーク中に何かをうだうだ気にしていると、そこをきっかけに夢のコントロールを失うことがありますから。睡獣に攻撃される弱点になりますし、バラされる前に自分の口から言っちゃったりしますからね」

「わかった。おぼえとく」

翠の後に続いて、私は三人の方へと歩みを進めた。

zzz

境森寝具店の倉庫に通い、スリープウォークを繰り返す日々。集まるのは全員の都合が付きやすい水曜日と金曜日の放課後と、日曜日が多かった。

活動時間が長くなるにつれて、夕方に帰るのが難しくなったので、家族には学校で友達と同好会を始めたと説明した。

なんの同好会ということにするかは悩んだが、結局実態に限りなく近い〈昼寝同好会〉という説明に落ち着いた。自分と同じように眠りが浅かったり夢見が悪かったりする子が集まって、質のいい眠りを追求するための会だ――という沙耶の言葉は、不眠の実績が実績だけに、思ったよりすんなりと信じてもらえた。こうして平日でもスリープウォークに専念する態勢が整った。

しかし、沙耶のスリープウォークはそう簡単に上達しなかった。まず難しいのが明晰さを保つことで、ナイトランドに入った直後はどうしてもコントロールを失ってしまう。

ネヴァースリーパーだから夢の影響を受けないはずだという最初の触れ込みは一体何だ

ったのかと沙耶は抗議したが、仲間たちも首をかしげるばかりだった。

「話が違うじゃないですか、藍染先輩！」

「おかしいですね……。ひょっとして才能がないのでは？」

「人を引き込んでおいてその言いぐさはなくないっすか⁉」

沙耶と蘭がぎゃあぎゃあ言い合っていると、ひつじが横から口を挟んだ。

「いいよ、蘭。私が面倒見るから」

「え？」

ひつじはソファから沙耶を見上げて続けた。

「沙耶がナイトランドで迷ってたら、私が必ず迎えに行く。だから心配しないで」

「う、うん……わかった」

気圧(けお)されて沙耶はつい頷いてしまった。それでなんとなくこの話は解決したような雰囲気になり、ナイトランドの旅は続けられた。

Z Z Z

改札を出ると、急勾配(きゅうこうばい)の斜面に貼りついた登山道が遥か上まで続いているのが見えた。

温泉が近くにあるのか、濃い蒸気があたり一面に漂っている。周りにいるのは本格的な装備をした登山客ばかりで、立ち止まっている私を追い越して、続々と登っていく。

それに引き替え、どうして私はこんな普通の格好で来てしまったのだろう。斜面の角度が急すぎて、ところどころについている階段もほとんど壁のようだ。

改札から出てくる人数が増えて、登山道は混雑してきた。人波に押し流されてやむなく登り始める。四つんばいでしばらく進んで、ふと見下ろすと、先ほど後にした駅はもうずっと下の方だった。手足が凍り付く。怖い。もう一歩も動けない。壁に貼りついた私を、登山客たちが続々と追い抜いていく。登ることも下りることもできないまま怯え続けていると、そばに梯子(はしご)が立てかけられて、ひつじがよいしょよいしょと登ってきた。

「やあ、ひつじ」

「沙耶、あなたはいつも怯えているのね」

「フフッ、そんなことはないさ」

「強がらなくていいのよ、愛しい人。そういうところも好きだけど」

「ひつじにはかなわないね」

「あそこを見て。山頂に睡獣の巣があるの。馬鹿正直に登っていたらあいつの目論見(もくろみ)通りよ。ここから一緒に行きましょう。梯子をかけてあげるから」

指差す先に目をやると、山頂に鉄骨の絡み合った鳥の巣のような構造物があった。その中に首が三本生えたハゲワシと電車を混ぜたような睡獣がいて、たどり着いた登山客を片っ端から呑み込んでいる。

「あれだね。よーし」

ひつじがそばにいることでテンションが上がった私は、そのまま空中に浮かび上がった。

「沙耶、ちょっと?」

「大丈夫、まかせて。私が全部ぶっ壊してやるから」

私は可能な限り強力な武器を思い浮かべようとする。銃……大砲……爆弾……そうだ、核爆弾だ！　山頂で核ミサイルを爆発させれば、睡獣なんてひとたまりもないはずだ。どうしてこんなことをみんな思いつかなかったんだろう。

私は思い描く。核が炸裂し、一瞬で睡獣の巣を蒸発させるところを。

その想像通り、頭上で閃光が走った。毒々しい赤と黄色の火球が生まれ、膨張し、山頂を呑み込み、クレスピー・クラークくん反応によって私たちの生涯年収を下げていくのだ。銀行が次々に破綻していく。市場から魚が消える。子供部屋のテレビ画面に映る爆発がどんどん大きくなっていくのを見ながら、私たちは不安に打ち震えた。

「どうなっちゃうんだろう、これから」

泣きべそをかく私をしげしげと見つめたあと、ひつじが手を伸ばして、私の後頭部をぺんとはたいた。

「あいた」

「はーい明晰になってください」

「あれ？」

ぽかんと明晰になった私に、ひつじが言った。

「強力であればいいってもんじゃないのよ、沙耶。想像しきれないものを作り出そうとすると、すぐにコントロールを失うの。だからほら、みんな自分の想像しやすい戦い方をしてるでしょ」

言われてみれば、蘭はRPGっぽい剣や弓、ひつじは籠手を着けた拳で戦っていた。カエデは変身するのが得意で、動物の牙や鉤爪を振るう。

「翠は？」

「あの子は戦いそのものを想像するのが得意じゃないの。だからベッドメイカーとして私たちをサポートしてくれてる」

「私もそんなに得意じゃないと思うんだよね。虎狩りのときは大きい銃があったけど、あれって元々夢の中に出てきたのをそのまま使ったような感じだったし」

「ウニ爆弾みたいなやつ出してたでしょ。攻撃性自体は沙耶も持ってるのよ。あとは使いやすい形にすればいい。テンプレートを作って、使いたいときにアレンジするのが楽かな」

「うーん……」

私が唸っていると、突然子供部屋の壁が吹き飛んで、睡獣の三つに分かれた頭が突っ込んできた。

「わあ！」

ひつじがとっさに拳で殴ると、頭が一つ吹き飛んで、代わりに二つ生えてきた。四つになった頭が強引に室内に入ってきて、私たちは壁際に追い詰められてしまった。

「ほら沙耶！　何か、身近で戦いに使えそうなものってパッと思いつかない？」

「じゃ、じゃあ……」

想像しやすいもの……慣れ親しんだもの……日常的な、戦いに使えそうなもの……。追い込まれた私の想像力が、とうとう強引に武器をひねり出した。次の瞬間、私の片手には殺虫剤のスプレー、もう片方の手にはチャッカマンが握られていた。チャッカマンを灯してスプレーを噴射すると、火炎放射が長々と伸びて、睡獣の全身を包んだ。睡獣は首をめちゃめちゃに振り回して子供部屋から転がり出た。破壊された壁から身を乗り出して見ると、火だるまになった睡獣は、切り立った山腹を転げ落ちて見えなくなった。

とうとう武器の創造を成し遂げた喜びと、睡獣をやっつけた達成感に満たされて、私はひつじに会心の笑みを向けた。

「ふふーん。どう？」

ひつじは一言で感想を述べた。

「――地味!!」

ZZZ

メンバーの気分によって、ベッドルームの寝具はときどき入れ替わった。倉庫に並ぶベッドは下にパレットがついていて、翠がみずからフォークリフトで入れ替えているのだった。

「一回使ったベッドは高く売れるんですよ」

入れ替えが終わり、フォークリフトで搬出されていく前のベッドを見送りながら蘭が言った。

「は……？」

「スリープウォーカーの使ったベッドが取引されるマーケットがあるんです」

「気持ち悪いんだけど⁉」

「睡獣にやられた犠牲者の中には、睡眠障害に苦しむ人も多いんです。眠れなかったり、悪夢に悩まされたり……スリープウォーカーの使ったベッドや寝具が、そういった方たちに少しでも役に立つなら、とは思いませんか」

「……」

「心配しなくてもちゃんとクリーニングしてから売りますよ」

「まあ……それなら……」

躊躇いながら言う沙耶の顔を、ひつじが覗き込んだ。

「それで本当にいいの？　沙耶」

「私もう全然わかんないよ」

ZZZ

死んだ飼い犬の剝製（はくせい）を作るのに完全に失敗して、私の手元には曖昧なフォルムの動物の死骸だけが残った。まんじゅうみたいに潰れた頭に埋まったビー玉の目が、非難がましく私を睨むので、私は剝製に向かって弁解する羽目になった。

この次はちゃんとやるから、としどろもどろに言う私を、剝製は、この次なんてない、真剣にやらないからこういうことになる、と激しい口調で詰る。あーあ！　どうするのこれ！　おまえのせいでぼくは終わりだ！　どう責任を取るの！

「ごめんなさい。できると思ったのに。ごめんなさい」

許してほしいなら身体を取り替えろ。おまえが剝製になれ。失敗した剝製になれ！

剝製が私を壁際に追い詰めてくる。失敗した剝製になるなんていやだ！　そう思いながらも、悪いのは私なので反論できない。泣きながら受け容れようとしたとき、剝製が縦に真っ二つに引き裂かれて、ばらばらの毛皮と詰め物になって散らばった。ひつじが金色の籠手をつけた両手をはたきながら、私の顔を覗き込んだ。

「大丈夫、沙耶？」

「ひつじ……こんなところで逢うなんて奇遇だね」

「あなた、ナイトランドで私と顔を合わせると妙に強気なのはなんなのかしら」

「君の顔を見たらどんな辛いことも平気になるのさ」

「しかもなんだか格好つけてるし。はい明晰明晰」

沙耶に頰をぴたぴた叩かれて、私は明晰になった。

「いつもお手数おかけします」

「いーえー」

剝製のある教室から出て、私たちは寒々しい海岸を歩き始めた。曇り空の下、色あせた草原が、海からの冷たい風になびいている。前を行くひつじのふわふわ髪もまた。

「ねえ、ひつじ」

「なーに」

「どうして私の前に現れてくれたの？」

「沙耶こそ。私、こんなに人を好きになれるなんて思わなかった」

「私だってそうだよ。眠りの中だけだってお互いわかってるのにね」

「あはは……そうだよね」

低い声で笑うひつじに、私は言った。

「私たち、なんでお互い好きなんだろう。最初に夢で逢ったときから、いきなり恋人だったよね」

「一緒に寝たからじゃないかしら」

「人聞き悪う」

思わず私は笑ったが、ひつじは真顔で続けた。

「だって、同じ寝床に横たわって、目を閉じて、お互いの体温を感じて、呼吸のリズムがゆっくりシンクロしていって……それって、ほとんど一つの生き物になってるようなものじゃない」

「それを言ったら他のみんなも同じじゃない？　全員一緒に寝てるんだから」

「そうね。私たちはみんな、同じ眠りを共にしてきた仲間。だからめちゃめちゃ距離が近くなってる」

私は頷いた。私以外の四人の親密さは、スリープウォークを経験していなければ理解に苦しむほどだったかもしれない。

聞くところによると、蘭と翠はスリープウォーカーの秘伝を受け継ぐ家同士の幼なじみ。翠とカエデはもともとネットで知り合ったオタク友達。ひつじはブランケット能力が明らかだったので、高校に入学してすぐ蘭に見出されてつるむようになったのだという。

知り合ったきっかけはバラバラだが、一度一緒にスリープウォークしてしまったら、もう離れられなくなったのだ。

今の私にはすんなり呑み込めてしまう。私もまた彼女たち同様、スリープウォークの〝依存症〟によって引きずり込まれたが、それは眠りそのものへの飢えではないのだと思う。人と人との距離感の近さ、温かさ、人肌の柔らかさや呼吸の安らぎ——一度そういったものに高純度で触れてしまったら、人間はもうそれを手放すことができなくなってしまうのだろう。

「それにしたって、私とひつじは特別じゃない？」

私が言うと、ひつじは立ち止まって振り返り、私の胸に頭をもたせかけてきた。

「そうね。どうしてなのかしら。私は沙耶のことが大好き」

「私もだよ。デイランドでもそうだといいのにって思う」

ふわふわの頭を抱きしめてそう言うと、ひつじはしばらく黙ってから小さな声で応えた。

「そうね。本当に、そうだったらいいのに」

わかっているのだ、眠りの中で感じているこの温かい思いが、デイランドでは消えてしまうことは。目を覚ました途端、ひつじが顔を逸らし、寄り添っていた二人の身体がぎこちなく離れていくことも。それでも私は、この束の間の時間が、たまらなく愛おしかった。

Z
Z
Z

何度もスリープウォークを繰り返すうちに、沙耶も次第に慣れてきた。明晰になるには仲間の手助けが必要なことがまだまだ多く、作り出せる武器も地味なままだったが、ナイトランドでの戦いにも慣れ、気がつくと、ずっと前からこうしていたかのように睡獣との戦いに没頭しているのだった。

ただ、相変わらずひつじとの関係には慣れなかった。ナイトランドでは仲むつまじい恋人、ディランドでは他人——いや、さすがに他人というのは言い過ぎで、今では友人、仲間と表現していいだろうが、それでも眠りの中と外での感情の温度差は、混乱するほどに大きかった。

10

季節は移り変わり、七月に差し掛かった。倉庫の中で冷房を効かせるのにも限界が出てきたため、一行は外で寝るようになっていた。

ある日曜日の昼下がり、倉庫の裏手に広がる芝生にポールを立てて、木陰に五つのハンモックを繋げて眠った。

一面の氷原を犬橇で駆ける、涼しくて気持ちのいい夢だった。氷の下に潜んでは襲ってくる、白熊かシャチのような大型の睡獣を倒して、勢い余って水に沈んで、冷たさで目が覚めた。

　沙耶がネヴァースリーパーだからなのか、ときどきこうして、一人だけ先に目を覚ますことがあった。

　ハンモックがひっくり返らないように慎重に身体を回して、足を地面に着けた。四人はまだ目を覚まさない。水を飲もうと靴を履いて顔を上げたとき、他の誰かがいることに気付いた。

　パーカーのフードを深くかぶった男だった。堂々たる体軀の山羊にまたがって、鞍の上から沙耶に視線を据えている。顔は陰になって見えなかったが、見られていることはわかった。

「……あの？」

　警戒しながら声をかけた沙耶に、男が言った。

「羊の卵に気をつけろ、スリープウォーカー」

ZZZ

　鈍い衝撃と共に沙耶は目を覚ました。

顔の上でハンモックが揺れている。今まで見ていたのが夢で、地面に落ちて目が覚めたのだと気付くまでにしばらく時間がかかった。

ひつじが隣のハンモックで起き上がって、沙耶を見下ろした。

「あれ？　沙耶落ちてる」

「あはは、ダサっ、うわっとっと」

続いて隣に落ちてきたカエデに、翠がころころと笑い声を上げた。

「どこか痛めました？」

蘭が沙耶を上から覗き込む。

「いや……」

立ち上がりながら、沙耶は脳裏にじんわりと記憶が甦っていくのを感じていた。

――あの卵、何だろう？

そうだ。すっかり忘れていたのだが、沙耶に寄生していた睡獣を倒した際、ひつじがその死骸から卵の形をした核を取り出していた。

もう一つ思い出したことがあった。

これまでのスリープウォークで睡獣を倒したとき、ひつじは必ずその核を手にとって、砕いていた。

そして仲間たちは、いつも周りでそれを見ていた。デイランドに帰還する直前に執り行われる、その儀式めいたシークエンスを、誰も憶えていなかったのだ。

Z Z Z

教室は興奮して跳ね回るワオキツネザルでいっぱいで、窓の外から伸びる木の枝の果物をもぎ取っては齧るので、床は食べ残しの硬い種で埋め尽くされていた。

数十四のワオキツネザルと、ワオキツネザルではない四人の生徒を前に、私は教卓から声を張り上げていたが、喧噪に掻き消されて届かない。疲労と無力感にくじけそうになっていると、ひつじがようやくこちらに目を向けた。

「ねえ、みんな、沙耶先生が何か言おうとしてる」

注目を集めてくれて、ようやく四人の注意が私に向けられた。

「ありがとう、ひつじ君」

「今日はなんだか難しい顔をしているのね、沙耶先生」

「ちょっと確かめたいことがあるんだ」

私は自分の疑問を仲間たちに話した。

話の筋道を見失わないようにするのは簡単なことではなかった。眠りの中では、油断するとすぐに理屈がねじれて、気付くと別の話をしていたり、まったく意味不明の音を発しているだけになったりすることがよくある。こうやって説明しようと試みるのも、実はもう三回目だった。

さらに言うと、私はディランドでも何度も説明しているはずだった。しかし、忘れてしまうのだ。彼女たちだけではなく、私までも。夢を見ているときの意識は、起きているときの意識と違うようで、目を覚ますとナイトランドでの記憶はかなり曖昧なものになる。その中でも、この〈卵〉に関する記憶を保つのはやけに難しかった。

「全然憶えてないなあ。私、ほんとにそんなことしてた？」

「してた。毎回。私たちみんなそれを見てる」

私が言っても、仲間たちは顔を見合わせて困惑するばかりだった。

「でもわかったよ。沙耶っちがそう言うなら、みんな気をつけてみよ」

「そうですね。私も後ろから気を配っておきます」

私たちは教室の窓から出て、バオバブの木の幹を取り巻く螺旋階段を下っていった。サバンナを徘徊する大型の猫にも似た睡獣の姿が、ここからも見えていた。

オオトカゲのように地を這う八本足の睡獣が、こちらを見上げている――。

「ちょっと待って、みんな――あそこにも」

指差す先に目をやると、別の睡獣の姿が目に入った。

私が言うと、蘭が声を上げた。

「あれだね」

Z Z Z

駄目だった。

アラームの設定時刻まで粘ったのに、二体の睡獣のどちらも取り逃してしまった。

狩りが失敗したのは初めての経験だった。五人はぐったりとテーブルを囲んで、糖分を摂取しながら狩りを振り返った。

「あいつら、連携してた。あんなの見たことない」

ひつじが不思議そうに言った。

これまで睡獣に遭遇する際は、必ず一体ずつだった。睡獣はそれぞれ外見も動きも異なり、人間の知る生き物とは違う、どちらかというと機械的な、感情移入を拒むような行動を取っていた。

それが一度に二体現れただけでなく、連携するように動いて狩りを阻んだ。

「虫みたいなものだと思ってたのに」

翠が呟く。カエデも眉をひそめて考え込んでいた。

「知恵を付けたのかな」

「わかりませんが……次は少し慎重にいきましょう。相手の行動に変化があったかどうか、よく観察するんです」

蘭の言葉に、沙耶たちは頷いた。

「結局、卵のことも確認できなかったね」

沙耶が言うと、四人は不思議そうに声を揃えた。

「卵って、何？」

11

次のスリープウォークで遭遇した睡獣は一体だけだった。

その次も一体。

その次は二体。

ふたたび一体に戻り、また二体――。およそ三回に一回のペースで、睡獣側のイレギュラーな動きが観測できた。

同時に睡獣狩りの成功率も落ち、一体しかいないときにも不意を打たれて逃げられることが多くなってきた。

ZZZ

旅館の長い廊下を歩いている。賑やかな宴(うたげ)の気配が廊下の先から伝わってきて、私は焦ってしまう。宴会に遅れてしまったのだ。廊下の右手には延々と襖(ふすま)が続き、左側はガラス戸の向こうに庭園が広がっている。庭園はワニだらけで、降りていく気にはなれない。

廊下の突き当たりも襖になっていて、たくさんのスリッパが脱ぎ散らかされている。息せき切って襖を開けると、そこは広くて天井の高い座敷で、見えなくなるほど遠くまで、お膳が何列も並んでいる。

私はカートを引いて座敷に上がり込み、お膳の一つに近付いた。カエデがそこで同人誌を売っているのだ。

「ごめんね、待たせて」

「おけおけ。じゃ、始めようか」

私はカエデの隣に正座して、今日の即売会の準備を始める。お膳の上には、カエデが描いた同人誌が載っていた。タイトルは『動物ささみし』。「ささみし」とは、五段階中の四くらい泣けることを意味する。

「これは期待できそうね」

「でっしょー」

カエデが得意げに言って、即売会が始まった。すぐにひつじ、翠、蘭が客としてやってきて、いつもの五人がお膳を挟んで顔を合わせる。蘭が『動物ささみし』を手にとって訊いた。

「見ていいですか？」

「もちろんどうぞー」

蘭がページを開き、私たちは全員で覗き込んだ。全篇、カエデと翠が恋人になっていちゃついているマンガが延々と続いていた。

翠が恥ずかしそうに言った。

「こんなの描いてたんですね……」

「いやー実はそうなんだよね、ごめん。みんなには、特に翠には絶対内緒にしておかないとあたし――あれ？」

屈託なく笑っていたカエデの顔に、戸惑いの表情がじんわりと広がっていく。

「待って。ちょっと。違う。こんなこと言うつもりじゃなかった――」

「カエデ？」

「やだ、やだ、やだやだやだやだやだ嘘だめ見ないで死んじゃう」

珍しく人間の姿のままだったカエデの身体が一気に膨れ上がって、真っ黒な怪獣に変わった。お膳も座敷も旅館も、何もかも変身の勢いで吹っ飛ばされる。大きく裂けたカエデの口から噴き出した業火が、私たちを呑み込んで――。

Z Z Z

「わあああああ!!」

カエデの絶叫が、一瞬で全員を覚醒させた。

ベッドの上で跳ね起きたカエデが、四人の視線を受けて硬直していた。まるでヘッドライトに照らされた鹿のような顔をしていた。

「ち、違うから」

追い詰められた表情でふるふる首を振るカエデ。戸惑ったように蘭が訊ねた。

「そんなに慌てなくても……。金春さんと帆影さんみたいに、夢の話――ですよね？」

「………」

即答できないカエデの態度が何事かを物語っていた。誰かがフォローの言葉を思いつく前に、カエデはベッドから転がり出て、服装も整えないまま走って逃げていった。

「あっ、待って！」

翠が慌てて後を追っていく――。

トイレに閉じこもって泣くカエデをなだめるのに、四人がかりで一時間半を要した。

「ほんとだから。ほんとに描いてないから、あんなの」

「わかってますよ。大丈夫だから、泣かないで、ね？」

ぐすぐす洟(はな)を啜るカエデの隣に座って、翠が落ち着いた声で囁きかけている。蘭とひつじ、沙耶も、カエデに声をかけたり、頭や肩を撫でたりしながら、すぐそばに寄り添っていた。

ようやくカエデが落ち着いてきたころ、ためらいつつも沙耶は口を開いた。

「私たち、夢のコントロールを失ってない？」

その言葉に、全員が顔を上げた。

「前に誰かが言ってたよね。スリープウォーカーは眠りの中で夢をコントロールできるから睡獣と戦えるんだって。でも今日は睡獣を見つけるどころか、最後まで夢を見てることに気付かないままだった」

蘭が考え込みながら応える。

「メンバーの誰かが明晰行動に失敗することは珍しくないですが、いつもなら他のメンバーがサポートしていたところです。今日は、翠も失敗してましたよね？」

「駄目でした。私はほぼ百パーセント明晰夢に入れるので、ベッドメイカーとして皆さんのサポートに入っているんですけど。こんなこと、いつ以来か――」

「金春さんは？　夢に気付いてた？」

沙耶が訊ねると、ひつじは眉根を寄せて答えた。

「なんか、変な感じがした……」

「変って？」

「あれって、内容的に、カエデの悪夢だったわけじゃない？」

「あ……あたしの、だと思う」

頷くカエデの声はまだ震えていた。

「だよね。今までこの五人でスリープウォークしたとき、誰かの夢に囚われたことってないと思うの」

「他人の夢に入ると気付きますからね。夢のモチーフが自分から出てきたものではないから、どこか違和感がある」

「でもそういう違和感はなかった。どういうこと？」

「――同じ夢だったんじゃない？」

沙耶の言葉に、ひつじが目を見開いた。蘭が怪訝な顔で訊ねる。

「同じとは？　帆影さん」

「ああ、つまり、全員が同じ一つの夢を見ていた、という可能性があるのかなって」

「全員が――」

「ほら、他人の夢に入ったら気付くはずなのに、私より経験の長いみんなも、夢だと思ってなかった。ということはさ、たまたま朱鷺島さんの悪夢として終わったけど、あれは私たちみんなで同じ一つの夢を見ていたとも考えられるよね」

「今まで何度もスリープウォークを繰り返してきましたが、一度もそんなことは起きなか

「わかんないけど——でも最近、睡獣の動きも変だったじゃない。今回は最後まで睡獣の姿が見えなかったし、もしかすると何か仕掛けてきたのかも」

翠がためらいがちに口を挟む。

「あれが睡獣の攻撃だったってこと？」

沙耶の言葉に、ひつじが首をかしげる。

「そんなことが可能なの？　あいつら、そういう知恵が回るような感じじゃなかったですよ」

「今まではね」

「確かめなきゃ。あんなことがまたあったら——」

蘭が時計を見て言った。

「検証は次の機会ですね。もう時間も遅いですし、今日は解散しましょう」

五人は倉庫を後にして、すっかり日の暮れた道を帰っていった。

「今日眠れる気しねーわぁ」

別れ際にカエデが呟くのが耳に入った。沙耶は思わず立ち止まって、心細げに遠ざかる背中を見送った。

z z z

夜中にトイレに起きると、リビングから明かりが漏れている。お父さんが起きているのかと思って顔を出すと、テレビがついていて誰もいない。画面は白黒の砂嵐。昔のアナログテレビはこういう感じだったらしい。カーテンが風に揺れて、窓が開いていることに気がついた。外を見てみると、庭に熊がいる。

やばい！ 慌てて窓から離れてから後悔する。しまった、窓を閉めなきゃ入ってきちゃうじゃないか。

思った通り、熊の鼻息が近付いてきて、家の中に入ってきてしまった。私は胸をドキドキさせながら階段に向かう。足音を忍ばせて二階に上がる。階下では熊が廊下をのしのし歩いて私を捜している。上がってくるのも時間の問題だろう。

部屋に戻ると、ベッドで寝ている妹の翠を揺り起こす。

「どうしたの、沙耶お姉ちゃん」

「しーっ。家の中に熊がいるの。逃げなきゃ」

「えっ、お父さんとお母さんは？」

「わかんない。食べられたのかも」

「やだぁ、怖いよう」

翠はしくしく泣き始めて、布団の中に潜ってしまった。階段を軋(きし)ませて、熊が上がってくる音が聞こえる。翠が出てこないので、私は仕方なく逃げることにした。

窓を開けて屋根に出て、傾いたトタンの上を歩き始める。背後で、熊が部屋の中に入ってきた気配がした。残してきた翠が心配だ。布団をかぶったままでいれば大丈夫だとは思うが、耐えきれずに出てきたら……。

私は屋根の上を進んでいく。走りたいのに、足がふわふわして力が入らない。玄関先で地面に飛び降りて、家から遠ざかろうと必死で足を動かそうとする。暗い松林に挟まれた坂道を一生懸命上っていく。背後から迫る熊の気配。黒くて、大きくて、怖いあれは、ほんとうに熊なのだろうか？

振り返ることができないまま、じりじりと身体を前に進めていく私の背に、誰かがひたりと覆い被さった。

「お姉ちゃん、どうして置いていったの」

翠の声をしたものが、耳元で囁いた。

汗をびっしょりかいて沙耶は目覚めた。タオルケットを跳ねのけて起き上がる。心臓が破裂しそうなほど脈打っていて、呼吸が整うまでに時間がかかった。

思い思いの寝相で布団の上に横たわる仲間たちの姿が、暗がりの中に浮かび上がっている。ベッドルームの床には畳が敷かれて、その上に布団の海が広がっていた。布団の周囲には大きな蚊帳が吊られて、周囲の暗闇との間を隔てていた。

あたりには蚊取り線香の匂いが漂っている。畳の上に置かれたベッドサイドランプは行燈の形をしていた。和紙を透かした淡い光が、エアコンの風でかすかにそよぐ蚊帳に薄緑色のさざ波を起こしている。

いま見たばかりの夢の印象が、なかなか頭を離れない。また明晰行動ができないまま翻弄されてしまった。あれは自分の夢だろうか？　それとも――。

頭を動かして、翠の方を見やる。翠は顔を反対側に向けて横たわっている。身動き一つしないので、沙耶は不安になって、顔を覗き込もうとした。

そのとき、蚊帳の向こうで何かが動いた。

倉庫の中をゆったりと歩む、窓枠の集合体のようなものが、行燈の光を遮った。畳の上に姿を現したそれは――。

――睡獣だ。

ここはまだナイトランドなのか。沙耶は自分の手に視線を落として、指を引っ張った。眠り中であれば抵抗なく伸びるはずの指は動かなかった。

夢ではない。確かにここはデイランドだ。

思考が追いつかない沙耶の目の前で、睡獣が蚊帳をすり抜けて中に入ってきた。なかば透き通った姿は実体があるようには見えないが、蚊取り線香の煙がうっすらとその輪郭にまとわりついている。

睡獣が脚を折り曲げ、横たわった翠の匂いを嗅ごうとでもするように身体を近付ける。それを見てようやく沙耶の金縛りが解けた。

「境森さん！　起きて！」

飛びつくように翠に近付き、肩に手を掛けて揺さぶる。

「へっ⁉　え⁉　なに⁉」

裏返った声を上げて翠が目を覚ますのと同時に、のしかかりつつあった頭上の睡獣が霞のように姿を消した。

沙耶と翠の大声で、他の三人も目を覚ました。

「んん～？　なに、どうしたの？」

目をこすりながらひつじが起き上がった。

「騒がしいなあ、ちょうど今あたしたち——あれ？」

戸惑ったようにカエデの声が揺れた。

「もしかしてまた、あたしなんかやった……？」

「……朱鷺島さんじゃありません。今のは——」

蘭がしゃがれ声で言って、咳払いをした。頭をはっきりさせようとしてか、目頭をぎゅっと揉んでから瞼を開ける。

「また夢のコントロールを失っていましたね。しかも五人で集合もできてなかった……」

「それだけじゃないです、藍染先輩」

沙耶は蘭の言葉を遮った。

「私見ました。睡獣が、ディランドに出てきてる」

沙耶の言葉はすぐには受け容れてもらえなかった。ディランドとナイトランドははっきりと分かれているというのが、スリープウォーカーの先輩としての蘭の見解だった。

「確かに、長い夢から覚めたときに、ナイトランドから出たかどうか確信できないときはありますが」

蘭が疑わしげに言った。

「でも、最近はなんか様子がおかしいじゃないですか。睡獣が連携して動いてたり、明晰行動に移れなかったり……。これが睡獣の攻撃だとしたら、もしかすると、あいつらディランドに出てこようとしているのかも」

「出てくる目的は？」

「それはわかりませんけど」

「その……帆影さんが見たっていう睡獣ですけど、私に覆い被さってたんですよね。何をしようとしてたんでしょう」

翠が不安そうに言った。

「うーん……あいつらが動物なら匂いを嗅いだり、食べようとしてたと言えるかもしれないけど、睡獣ってどこが頭かもわからないような形してるからなあ」

沙耶が唸っていると、それまで黙っていたカエデが控えめに手を挙げた。

「ちょっといいか？　沙耶っちの話とは関係ないかもしれないんだけどさ」

「どうぞ？」

先を促すと、カエデはためらいがちに言った。

「沙耶っち、前に卵がどうこうって言ってなかったっけ？」

沙耶はびくりと背筋を伸ばした。ディランドでも、ナイトランドでも、幾度となく繰り返して説明したはずの、謎の〈卵〉。なぜかみんな忘れてしまうその記憶に関する言及が、沙耶以外のメンバーの口から為されたのはこれが初めてだ。

「沙耶っちの声でいきなり起こされただろ？　ナイトランドから出る寸前に、あたしも見たような気がするんだ。その、〈卵〉を」

「――どんなだった？」

「どういう流れだったか憶えてないんだけど、ひつじっちが出てきた気がするんだ」

視線を受けたひつじが、面食らったように目をしばたたく。

「私が？」

「うん。両手をこう、胸の前で揃えて、手のひらを上にして――そこに、うす水色にクリーム色の斑点がある卵っぽい形をしたものが載ってた」

「そ、それで？」

カエデがぎゅっと目をつむる。

「それからどうしたんだったか……壊したんだっけ？　やーばい、どんどん記憶が薄れてく」

「睡獣と戦ったの？　私が見たときは、倒した睡獣の中から引っこ抜いたんだよ、確か」

「戦った記憶はないな……。忘れてるだけかもしれないけど。とにかくひつじっちが、なんか持って立ってて、その両手の上にあるものがめちゃめちゃ重要なものだって思ってたことだけは憶えてる」

「金春さんは？　記憶にある？」

ひつじは沙耶の目を見つめたまま、ゆっくりと首を横に振った。

「憶えてない。何も」

「スリープウォークを始めてからは、ナイトランドでの出来事はちゃんと憶えていると思ってました。そうではなかったとしたら薄気味悪いですね……」

顔を曇らせる翠に続けて、ひつじが言った。

「それって、ナイトランドの記憶だけじゃないよね。デイランドでの記憶も一緒に消えてるってことになる」

「帆影さんが起きた後で睡獣を見たというのが正しいなら、ナイトランドからデイランドに何らかの干渉が行われていると仮説を立てることは可能ですね」

蘭が言った。

「干渉？」

「攻撃と解釈することもできるかもしれません」

「睡獣が逆襲してきてるってことかな」

「消えてる記憶はその〈卵〉に関するものだけ？」

「わかりませんね。忘れてるんだから知りようがない」

ハッとしたようにカエデが顔を上げた。

「なあ、デイランドの記憶も消えちゃうとしたら、そのうちこの会話も忘れちゃうんじゃないか？」

顔を見合わせる四人を、沙耶はもどかしい思いで見つめた。

そうなのだ。実際、沙耶がこれまで呈した疑問や警告は、次のスリープウォークの際にはみんな忘れてしまっていた。沙耶自身でさえも忘れがちだったのだ。こうしてスリープウォークから帰ってきた際のデブリーフィングで同じような会話に発展したことはあったが、それも一時的なものだった。

「記録を残しましょう。何が起きているのか突き止めないと」

蘭の言葉に、一同は頷いた。

12

帰宅したのは夜の九時過ぎだった。〈昼寝同好会〉の活動という名目があるとはいえ、さすがに遅い。これは怒られるかなと覚悟しながらそっと家に入り、玄関の扉を背後で閉めた。

「ただいまー……」

返事はなかった。玄関も廊下も電気がついておらず、リビングの光が半開きになった扉から漏れていた。

靴を脱ぎかけて、思わず動きが止まる。

脳裏に先ほどの夢の記憶が甦ったのだ。暗い廊下に、リビングから漏れる光。翠が妹という、夢ならではの不条理な展開に気を取られていたが、あの光景は見慣れた自分の家そのものだった。

足音を忍ばせて廊下を進み、リビングを覗き込んだ。テレビだけがついていて、ミュートになった画面ではニュース映像が流れている。

室内には誰もいなかった。この時間、いつもなら両親も姉もいるはずだ。それなのに今日は、リビングにも台所にも誰の気配もない。

窓のそばまで行って、カーテンを引く。夢の中とは異なり、そこにあるのは広い庭ではなく、目と鼻の先のブロック塀と、その向こうの駐車場だ。

　当たり前ではあるが、外に熊の姿はない。

　窓の鍵を確認して、元通りカーテンを閉めた。振り返った途端、室内に誰かが立っているのを見て思わず悲鳴を上げた。

「わあっ⁉」

「うわ何⁉　びっくりしたぁ」

「お、お姉ちゃん？」

　壁に手を伸ばして明かりを点けたのは亜弥だった。蛍光灯に照らされた姉の姿は拍子抜けするほどいつも通りだ。

「暗いところで何やってたの？　つーかいつ帰ってたん」

「今……。お父さんとお母さんは？」

「仕事先の人が亡くなってお通夜に行ってるって、メッセージ投げといたじゃん」

「あ、ごめん、気付いてなかった」

「沙耶ごはん食べてないでしょ？　なんか作る？」

「や……いい。あとで適当に済ませるよ、ありがと」

　そう言って自室に向かおうとしたとき、明かりが消えた。

驚く間もなく、誰かが背中からひたりと覆い被さってきた。

「どうして私を置いていったの、沙耶」

真っ暗な部屋の中、耳元で誰かが囁いた。

z z z

沙耶はベッドの上で目を覚ました。

自分の部屋だ。まだ暗い——時計を見ると朝の四時だった。

「——夢だったのか」

気がつくと、片手が誰かを捜すようにシーツの上を探っていた。ばつの悪い思いで手を引き戻す。悪夢の衝撃も相まって、隣に誰もいないベッドがやけに広く、心細く感じられた。

不安になって、両手の指を組んで引くと、しっかりした手応えが返ってきた。今いるのはディランドで間違いないようだ。

暗い天井を見上げたまま気を落ち着けようとしていると、視界を横切るものがあった。ほのかに輝きながら空中を歩む、自分の足で動き出した星座のようなそれは、沙耶の上を通り過ぎてベランダに通じる窓をすり抜け、そのまま見えなくなった。

睡獣だ。

跳ね起きて窓に駆け寄り、ベランダに出る。

睡獣の姿は見えなくなっていたが、もう疑う余地はなかった。デイランドで睡獣が活動している——。

一度気付いてしまうともう戻ることはできなかった。

その日、沙耶は昼までに十二体の睡獣に遭遇した。

まるで妖精を見る目を手に入れたかのように、睡獣たちが次々と沙耶の視界に飛び込んでくる。

家の中で。通学路で。学校のあちこちで。生き物とも人工物ともつかない異形のものたちが、誰にも気付かれずに日の光の下を行き来していた。

睡獣たちは目的もなくただださまよっているだけのように見えたが、もとよりその真意などわかるものではない。わかったとしてもスリープウォーク中ではない沙耶にはなにもできなかったし、睡獣の方にも沙耶に関心を示した様子はなかった。

授業中の教室内、机の間をゆったりと漂っていく、タツノオトシゴとバグパイプを足して割ったような睡獣を目の端に捉えながら、沙耶は落ち着かない思いで考えた。

――どうして急にこんなことに？

睡獣はあくまでナイトランドの中だけの存在だったはずだ。蘭たちから聞いた知識でもそうだし、沙耶自身の経験からもそこに疑う余地はなかった。それがデイランドにまで出てくるとなると、スリープウォーカーの前提は崩れる――眠りの中と外の区別が付かなくなってしまう。

いや――そういえば。一度だけ例外があった。

ひつじと二度目に遭遇する直前。ひつじを捜して校内をさまよっていた沙耶は、朦朧とした意識の中で、屋上へ向かう睡獣の姿を見た。

あのとき、沙耶の不眠は限界を超えていた。幻覚を見たとしてもおかしくはないくらいに。だが、今の沙耶は睡眠障害に悩んでいるわけではない。

仲間たちにはもうメッセージを送ってあった。睡獣が見えているのはやはり沙耶だけだったが、せっぱ詰まった雰囲気は伝わったようだ。

沙耶〈放課後は倉庫に集まるとして、とりあえず緊急でスリープウォークしませんか。
何が起こってるのか知りたい〉

蘭〈賛成〉

ひつじ〈いつどこで?〉

沙耶〈昼休み保健室〉

蘭〈わかりました〉

ひつじ〈りょ。先行ってベッド確保しとく〉

四時間目の終わりのチャイムが鳴った。騒がしくなるクラスを後にして、沙耶は保健室へ急いだ。

ノックして扉を開けると、保健医が机に突っ伏して眠っているのが目に入った。足音を忍ばせてベッドに向かい、仕切りのカーテンをめくると、ひつじがベッドに横たわっていた。

「お待たせ」

声をかけたが、ひつじは目をつむったまま動かない。

「あ……もう寝てるんだ」

沙耶がベッドに腰を下ろしても、ひつじは目を覚まさなかった。ふんわりした髪をシーツの上に広げて寝息を立てているひつじを見下ろしながら、沙耶は思った。

こうしてまじまじとひつじの寝顔を見るのはなんだか新鮮だ。もしかするとこれが初めてかもしれない。スリープウォークするときはすぐ眠りに引きずり込まれるし、最初に出逢ったころなど本当にあっという間だった。

今こうして起きていられるのは、一応ちゃんと睡眠をとっているからだろうか。それでもだんだん瞼が重くなってくるから、ひつじのブランケット能力とやらも相当なものだ。

ふわあ、と大きなあくびが出た。そろそろ自分も横になるかと考えたところに、ドアが開く音が聞こえた。カーテンから覗くと、入ってきたのは思った通り蘭だった。後ろ手に扉の鍵を閉めて、早足で近付いてくる。

「遅くなりました。さっさと――」

言いかけて、蘭も口を押さえて大きなあくびをした。

「はふ……失礼。さっさと済ませてしまいましょう。ここを長い時間占有するわけにもいきませんし」

「保健の先生の昼休み奪っちゃうのかわいそうですもんね」

沙耶に続いて蘭も靴を脱いでベッドに上がった。さすがに保健室のシングルベッドは三人で寝るには狭い。

「藍染先輩、寝相大丈夫ですか。落ちません？」

「うるさいな。一応気にしてるのよ……」

「心配して言ってるんです、けど……」

交わす言葉が終わらないうちに、ひつじの放つ純粋な眠気が両側に横たわる二人を容赦なく包み込んだ。

ZZZ

高層ビルの屋上から見下ろす街のあちこちから火の手が上がっている。銃声が散発的に沸き上がり、ビルの壁面に反響する。

戦闘ヘリが騒々しい音を立てて頭上を飛んでいく。オフィス街を装甲車と兵隊が走り回り、戦車の発砲で建物が次々に瓦礫(がれき)と化していく。

私は眼下の光景を見て怯えている。とうとう戦争が起こってしまった。いったいこれからどうなるのだろう。自分は生き延びられるのか、家や学校は無事なのか――。

学校といえば、そうだ、ひつじは無事だろうか。あの子はぼんやりしているから心配だ。早く迎えに行ってあげないと。でもどこに行けばいいんだろう？

そのとき、屋上に置かれた電話のベルが鳴った。博物館にでもありそうな、古めかしい赤い電話。

受話器を取って耳に当てると、ひつじの声が言った。

「沙耶、夢よ」

「もちろんわかってるよ、ひつじ」

「ほんとかしら」

「ひつじと話していたら意識がはっきりしたよ」

電話の向こうで、ひつじが疑わしげに顔をしかめるのが見えるようだった。

コートを翻(ひるがえ)して、蘭が屋上に飛び降りてきた。

「先輩」

「帆影さん、明晰ですか？」

「明晰です、明晰明晰」

「本当ですか？　まあいいです、あれを見て」

指差す先に目を向けると、都市の向こうを、ビルよりも遥かに高くそびえ立つ巨大な睡獣が歩いていく。ゆっくりと前進する円柱状の脚に沿って視線を上げていくと、雲の中にぼんやりと橋桁(はしげた)のような姿が浮かび上がっている。

「大きい」

「ええ。それに一体だけじゃないです」

蘭と共に私は上空に舞い上がった。都市とその周りの荒野を、長大な身体を持つ睡獣が群れを成して歩いていた。大河にかかる橋がそのまま歩き出したみたいだった。

「……どんどん増えてませんか、睡獣」

「明らかにそう見えますね」

私が蘭と話していると、まだ手に持っていた受話器から、ひつじが会話に加わった。

「私からはよく見えないんだけど、あれ、何やってると思う？」

目を凝らすと、橋の形をした巨大睡獣の上には、より小型の睡獣がぎっしりとひしめいていた。

橋の両端は雲に包まれてぼんやりとしている。その一方からじりじりと新たな睡獣が現れ、もう一方に向かって進んでいく。

不揃いで不格好な行進の行く先を見届けようと、私と蘭は歩く橋に近付いていった。雲が晴れると、橋が海の上に差し掛かっているのが見えた。なだらかに盛り上がった島の上を、橋脚(きょうきゃく)が歩いて越えて、さらに先へと進んでいく。

「潮の香りがしてきたわ」

受話器からひつじが言った。

「海に出たからね。ひつじどこから見てるの？」

「それがよくわからないの。ここどこなのかしら」

不意に、蘭が息を呑んだ。

「まさか。嘘でしょ」

「どうしたんですか？」

「わかっちゃったかもしれない。あいつらの行き先」

「どこですか？」

「帆影さん、あの島、よく見て。何かに見えない？」

橋脚がまたいでいく島に意識を向ける。奇妙な島だった。木が生えているわけでもないが、ごつごつした岩でもない。島の輪郭は艶めかしいと言ってもいいくらいで、喩えるならそれは、まるで人の身体——。

私はぽかんと口を開けてしまった。

「……ひつじ？」

「なあに？　私がどうかした？」

受話器が手からこぼれて、遥か下の海へと落ちていく。

島ではなかった。ひつじだった。金春ひつじ。私の大切な恋人。横たわって眠るひつじの身体を乗り越えて、睡獣たちが行進していく。周りに広がる海はもはや水ではなく、一面の白いシーツだった。

私と蘭も、ひつじを挟んで、そのシーツの上に寝そべっていた。ロープで縛り付けられているみたいに身体が重く、動くのがおっくうだった。目を動かすと、知らないうちに私の上にも橋が架かっていて、その重みが私をシーツの海に沈めているのだった。気力を振り絞るとようやくぴくりと身体が動いたので、渾身の力を込めて身体を起こした。身体の上の歩く橋が傾き、ひっくり返り、大量の睡獣と一緒に落下していく。

私は叫んだ。

「ひつじ！　起きて！　こいつら、ディランドに――」

Z Z Z

沙耶は眠りから身体を引き剝がすようにして覚醒した。

叫んだつもりが、呻き声にしかならなかったようだ。むりやり目を覚ましたとき特有の朦朧とした思考と、身体全体に何かがへばりついたような感覚。頭をはっきりさせようとしながら、沙耶はベッドの上に身を起こした。

「金春さん、起きて」

しゃがれ声で言って、眠るひつじの肩を揺さぶる。ひつじは目をつむったまま、顔をしかめて唸った。

「んん……」

目を覚ましつつあるひつじの身体から、煙のようなものがすっと立ち昇った。見上げる沙耶の視界に、ベッドの上に広がる半透明の構造物が飛び込んできた。さなぎから羽化する虫のように、ひつじの身体から出現した睡獣が、昼の世界の光に溶け込んでいく。その姿はすぐに見えなくなったが、いなくなったわけではない。その濃厚な気配を、沙耶はまだ感じていた。

目をこするひつじの向こうで、蘭も起き上がった。

「帆影さん……いま何が？」

「睡獣です、また出てきました」

沙耶の言葉に、ひつじが首をかしげた。

「私には見えなかった。どこから湧いたの？」

「……金春さんの、身体から」

「私の？」

沙耶は頷いた。

「睡獣が、デイランドに渡ってきてる——私たちの眠りを通じて！」

13

緊急のスリープウォークは予定の十五分を待たずして終わっていた。眠気の覚めた三人は、慌ただしく身支度を整えてベッドを出た。物音で目が覚めたのか、保健医が机から顔を上げて驚いた顔になった。

「えっ、ごめんなさい、気付いてなかった。どうしたの？」

意識をはっきりさせようとしてか頭を振りながら、保健医が訊く。その背後、幽霊のようにのしかかる睡獣の姿を沙耶は見た。先ほどひつじの身体から現れた個体によく似ていた。

保健医があくびをして、ぼんやりとした声で言った。

「調子悪いの？　寝ていくならベッドを——」

「あっ、や、もう」

沙耶が手を振って辞退すると、保健医はふたたび大あくびをした。

「……はふ。ごめん。先生もなんだか頭がぼんやりするわ」

「大丈夫っすか……？」

沙耶がおそるおそる訊ねると、保健医は言った。

「あなたたちが寝ないなら、ちょっと休ませてもらおうかしら」

三人が見守る前で、保健医が仕切りのカーテンを引いて、その向こうに消えた。

「なあに……私が訊く前にもう寝てたの、あなたたち。シーツがくしゃくしゃじゃない」

ぼんやりした声がカーテンの向こうから聞こえた。

「いいけど、別に……ベッドを使ったら、整えるくらいはしなさいよ……」

答えを待たずに、どさりと鈍い音がした。

「……先生？」

三人がカーテンをそっと開けて覗いてみると、保健医はうつぶせにベッドに倒れていた。掛け布団もめくらず、服も靴も、眼鏡さえもそのままに眠っている。

沙耶の目には、保健医の上に覆い被さっている睡獣の形がぼんやりと見えていた。人間の睡眠の状態を何らかの形で反映しているのか、息づかいや瞼の震えに連動して、睡獣の形状も微妙に変化していく。その様子は獣というより、半透明の都市のミニチュアが人間の上で息づいているかのようだった。

「睡獣に寄生されてる——二人とも、見えてます？」

沙耶が訊ねると、蘭とひつじは首を横に振った。

「私には見えない」

「私も」

「やっぱり私にしか見えないんだ……」

「そうみたいね。どうする？ もう一回スリープウォークする？」

ひつじが訊ねる。沙耶は蘭と顔を見合わせてから言った。

「やめとこう。こいつらが私たちに何をしてるのか、まず探らないとまずいと思う」

「そうですね。睡獣狩りはその後にしましょう。放課後にまた寝具店で」

「わかった」

寝ている保健医を後に残して、三人は保健室の外に出た。昼休みの半ば、校内は騒がしく活気に満ちている。その中を歩いていくうちに、沙耶は次第に青ざめていった。

「どうしたの、沙耶」

異常を察知したのか、ひつじが言った。ごくりと唾を飲み込んで、沙耶は言った。

「これ、やばいかも」

「何がですか？」

蘭も沙耶の顔を覗き込む。

「増えてるんです——睡獣が」

沙耶の目には、何体もの睡獣が、行き交う生徒たちの合間を歩いているのが見えていた。人の身体にめり込んでいたり、肩や頭の上に載っている個体もあった。中には何体もの睡獣に寄生されて、異形の構造物をずるずると引きずりながら歩いている生徒も見受けられた。

三十分前までは、ここまで多くなかったのに。

変化のきっかけは明らかだった。三人がスリープウォークしたからだ。

ナイトランドで見た光景は間違いではなかった。この睡獣たちは、沙耶たち三人の眠りに橋を架けてディランドにやってきたのだ。

睡獣が急速に勢力を拡大している——。

境森寝具店に集まった五人は、この恐るべき事実に向き合わなければならなかった。

「もっと早く気付くべきでしたね」

蘭が悔しそうに言った。

「今までこういうことなかったんですか？　一度も？」

沙耶が訊ねると、四人は首を横に振った。

「一度もありませんでしたね。他で聞いたこともないです」

翠が答える。

「藍染先輩の家にそういう言い伝えみたいなのないんですか？　秘伝書とか、なんかそんなやつ」

「少なくとも私が受け継いだものには何もなかったですね」

「境森さんの家にも伝わってないんですよね？」

「はい、まったく」

「となると、新しい現象ってことなんですかね……」

沙耶が言うと、翠がうなだれてしまった。

「お役に立てなくてごめんなさい」

「大丈夫だって翠、みんなで考えよう、ね」

カエデが優しい声で慰める。

「整理しましょう。起こっていること自体は、そんなに複雑じゃないです」

沙耶はソファから立ち上がって言った。

「まず、睡獣がデイランドに来ている。これは私にしか見えてないですけど、私を信じてもらえるなら、間違いなく事実です」

「信じるわ」

黙ったままだったひつじが、ぽつりとそう言った。他の三人も頷く。

「ども。次に、どうやって来たかですけど、これは私と藍染先輩が見てます。睡獣は、私たちの眠りを通じて、ナイトランドからデイランドに移動してる」

蘭が頷いて補足する。

「大きな橋みたいな睡獣でした。それが何体も、私たちを踏み台にして、デイランドへ続く通路を造って……その上をより小型の睡獣が渡っていました」

「私が気付いたのは、ナイトランドで眠るひつじの上に橋が架けられているのを見たからだけど——ひつじだけじゃなかった。藍染先輩も私も、明晰行動を取っているつもりで、知らないうちに踏み台にされてた。途中で気付いたけど、そのときにはもう睡獣がたくさんデイランドに入り込んできてて」

翠が眉をひそめた。

「それ、めちゃめちゃ怖いですね。気付かなかったらもっと大変なことになってたってことですか」

「だと思う。というか、今までも知らないうちに何回も同じようなことがあったんじゃないかって……」

「マジで……？」

半信半疑の面持ちで呟くカエデに、沙耶は言った。

「最近私たち、夢のコントロールを失うことが多かったじゃないですか。今考えると、あれも睡獣の仕業だったと思うんですよ」

「実験してたのかも」

翠が口を挟んだ。

「実験？」

「睡獣に知性があれば、という前提に基づいた話になっちゃいますけど——。眠りの中で明晰行動を取っていると私たちに思い込ませておいて、実際にはコントロールを奪って踏み台にする。けっこう高度なことを仕掛けている気がしませんか？」

「コンピュータウイルスみたいですね……」

考え込む蘭の隣で、カエデが言った。

「でもウイルスって知性ないじゃん。だよね？　知性があろうとなかろうと高度なことはできるんじゃない？　うわ、今あたしめっちゃ頭いいこと言った、すごくない？」

びっくりした顔で言い終えたカエデの頭を撫でながら翠が言った。

「確かにそうですね。いずれにしても、睡獣たちが私たちを探っていたことは間違いないと思います」

「私たちを利用して、デイランドでさらに人間に寄生して……でもわざわざデイランドに出てくる理由があるんですかね？」

「ナイトランドだとスリープウォーカーが邪魔だから、私たちの裏をかいたつもりとか……？　推測に過ぎませんけど」

「面倒な事態になりましたね。このままだと私たちを中心にして、デイランドに睡獣の爆発的感染（アウトブレイク）が起こります」

蘭がふーっとため息をついて言った。

「デイランドでは、私たちは睡獣に対して何もできない。かといってスリープウォークすると、コントロールを奪われて感染を拡大させることになる」

「じゃあ……どうしようもないってこと？」

沙耶がどさりとソファに腰を下ろすと、翠が言った。

「そんなことはないはずです。現に帆影さんたちは、睡獣にやられていることに眠りの中で気付けたわけですから。これまでは不調の理由がわかりませんでしたが、もう違います。

全員で警戒していれば、気付いた誰かが他の人を明晰にできる」

「うん。こっちを騙してくることが最初からわかってるんだもんね」

沙耶が頷くと、カエデが熱の籠もった口調で言った。

「やったろうぜ。やられっぱなしは悔しいしさ」

沙耶たちが話し合っている間も、ひつじはクッションを抱えて座ったまま、沙耶に目を向けているだけだった。さすがに居心地の悪さに耐えきれず、沙耶は水を向けた。

「ひつじからは何かないの？」

「え」

授業中に居眠りしていて指名されたみたいに、ひつじが目をしばたたいた。

「あー、うーん、特にないかな」

「大丈夫ですか？　金春さん」

怪訝そうに蘭がひつじの顔を覗き込む。

「ごめん、ちょっとぼーっとしてた」

「しっかりしてよ、ひつじ」

沙耶がそう言うと、蘭が微笑んだ。

「帆影さん、いつの間にか金春さんとだいぶ仲良くなったんですね」

「え？」

「名前」

蘭が言った。

「帆影さん、前は頑なに金春さんって呼んでたのに。いつから下の名前で呼ぶようになったんですか？」

「あ……」

思いがけない指摘に沙耶は戸惑う。

まったく意識していなかった。いつからそうなったのかも憶えていない。

思わずひつじの方を見ると、ふいと目をそらされた。なれなれしかっただろうか――。

初対面で寝ぼけていきなりキスという悪行は、まだ許されたわけではなさそうだ。

気まずい思いの沙耶の背中を、カエデがポンと叩いて言った。

「仲良くなるのはいいことじゃん。沙耶っちずっと遠慮があったからさ。な、ひつじっち」

「……そうかもね」

素っ気ない声で、ひつじが呟いた。

蘭が自分のお茶を飲み干して立ち上がる。

「よし、それじゃ行きましょうか。今なら睡獣狩り放題ですよ」

14

ベッドでゴロゴロしていたら、階下の母に呼ばれた。入院中の祖母を見舞いに行くから車を出してほしいという。

面倒くさい思いはあったが、ここしばらく成績も思わしくなく、立場が弱い。別に手が離せない用事があるわけでもないから、仕方なく階段を下りていって、母と一緒に家を出た。ガレージに入って車に乗ってエンジンをかけ、どうにか擦らず車道に出て、街の方へと運転していく。早くも後悔していた。なにしろ私は免許を持っていないのだ。

どうして運転するなんて言ってしまったのだろう。事故る、絶対に事故る。事故らないわけがない。怯えながらハンドルを握って、見よう見まねの運転で、蛇行しながら進んでいく。ブレーキとアクセルはかろうじてわかるが、力加減が摑めない。そっとアクセルを踏んだつもりが、思いがけない速度が出て、慌ててブレーキを踏むとガクンと止まる。ひどくぎこちない運転で、周りの車に迷惑がられているのがわかる。

嫌な汗を掻きながら、川に架かる橋に差し掛かった。橋の上は混み合っていて、たくさんの車が何列も並んでのろのろと進んでいく。そこでとうとう運転が破綻した。前後を挟まれて逃げ場のない状態で、私はアクセルを踏みすぎた。パニックになって、とっさにハンドルを切る。前の車との衝突は免れたが、代わりに橋の欄干に突っ込んでしまった。スピードが出ていなかったのが不幸中の幸いではあったが、エンジンが止まって、車は完全に動かなくなった。後ろにどんどん車が止まって、渋滞していくのを、絶望的な気持ちで見つめるしかない。

ぽつぽつと雨が落ちてきた。フロントガラスを伝い落ちる水の膜が、外の光景をみるみるうちにぼやけさせていく。

後部座席のドアが閉まる音がした。ルームミラーを見ると、そこに座っていたはずの母親の姿がない。雨にぼやけた車外の光景の中、どことなく見覚えがあるような人影が遠ざかっていく。

きっと事故を起こした私に怒って出ていったのだ。車体に当たる雨音を聞きながら、寂しい気分で放心していた私の顔のすぐ横で、突然ガラスを慌ただしくノックする音が響いた。

ぎょっとして横を向いた私の目の前で、ふたたび拳がガラスを叩く。ゴンゴンゴン！

怯えて身体を引くと、今度は拳ではなく、金属の工具——ホイールナットを回す長いレンチが叩きつけられた。ガラスが粉々に砕け散って、私は思わず顔を覆う。

「沙耶！　夢だよ！」

ガラスが割れた穴から飛び込んできた声にはっとする。車の外に立っているのはひつじだった。私の返事も待たずに、割れ残った周りのガラスを、レンチでこそげていく。水の中から上がったみたいに、意識が急速にはっきりしていく。私の目を見てひつじが言った。

「早く出て。ここは危ない」

衝突のショックのせいか、ドアが歪んでうまく開かない。私はひつじの割ってくれた運転席のガラス窓から、身をくねらせて外に出た。

ガラスの破片が散らばる路上に落ちて立ち上がる。髪をかき上げて私は言った。

「ひつじ、奇遇だね。こんなところで逢えるなんて嬉しい」

「もう、しっかりして。明晰になってくれないと困るのよ」

怒ったように言う顔もかわいくて、抱きしめたくなってしまう。まさにそうしようと思ったそのとき、どこからか汽笛が響き渡った。

橋桁の向こう、雨の幕を透かして、何層ものデッキが重なった巨大な豪華客船が近付いてくる。車がすし詰めに連なった橋に向かって、船はまっすぐ突っ込んできた。止まろうとする様子もなく、ついに舳先が接触した。耳をつんざくような金属音とともにへし折れていく橋の切れ目から、車がぼろぼろと落下していく。

足元が急激に傾いて、私とひつじの身体もアスファルトの上を滑り落ちていく。反応する間もなく空中に投げ出されて、黒い水面が近付いてくる。

激しい水しぶきが上がって、川面からクジラほどもある影が飛び出した。原子力潜水艦と人間を合体させたような、人魚の姿に変わったカエデだった。私とひつじを胸元で受け止めて、カエデが言った。

「起きてるー?」

「起きてはいないでしょ」

私の言葉にカエデが大きな口を開けて笑うと、サメのような歯列が覗いた。

なおも進み続ける豪華客船が、ついに橋を切断した。鉄骨でできていたはずの橋が、割り箸を組み合わせた工作のように安っぽくなってどんどん崩壊していく。橋の上の車列もディテールを失って、今では丸めた紙屑のようにしか見えない。小さく突き出た脚がじたばたと動いているのを目にして、あれが睡獣の群れだったことにいまさら気付いた。

上空から蘭と翠が飛んできて、カエデの両肩に降り立った。蘭が私たちを見回して言う。

「全員明晰ですね? お互いの言動に気をつけて、様子がおかしかったらすぐアラートを出してください。睡獣が私たちを暗愚にしようとしているのは間違いないですから」

翠が続いて言った。

「基本的に皆さんの様子はモニターしてますけど、気付かないうちに私がやられている可能性も高いです。申し訳ないですけど、私の様子もそれとなく見ておいていただけると……」

「わかったわ。それで、ここからどうするの？」

ひつじが訊ねる。

「睡獣たちの来るところを探そう。あいつらはどこからか現れて、私たちの眠りを通じてディランドに向かっている——その出所を探して、潰す」

崩落して川に沈んでいく橋を尻目に、私たちは川岸に上陸した。どこか自動車に似た睡獣の群れがどんどんやってきて、橋のあった場所で止まる。渋滞が酷くなるにつれて、前の方の睡獣が押されて転落し始めた。

「これ全部やっつけるのは骨だなあ」

カエデが困り顔で言いながら、脚を四本生やしてケンタウロスのような体型に変身した。虚空から長い槍を作り出して、睡獣の群れをつつき始めたが、きりがなさそうだ。

蘭がカエデの背によじ登って言った。

「今は放っておきましょう。ここで時間を取られるのはよくない気がします。こいつらの来る場所を突き止めて、源流を堰き止めないといくら倒しても同じです」

翠も続いて言った。

「私も賛成です。私たちが明晰である限り、睡獣はデイランドに入れません。逆に言えば、夢に溺れたらその時点で、私たちの眠りはデイランドへの通路になってしまう」

「あのさ、もしかして睡獣狩りに熱中してると、明晰さを失っていくとか……？」

私が口を挟むと、翠がはっとしたように顔を上げた。

「あり得るかもしれません。睡獣を狩るという行為自体が、スリープウォーカーを夢に耽溺させる罠として機能していたとしたら――」

ひつじが首をかしげた。

「それじゃ、私たちはずっと前から罠にはまっていたということ？」

「そうではないと思いたいですが。睡獣の動きが変わったのは最近のことですし」

「ねえねえ、のんびり話してていいのかな。睡獣がどこから来てるか探すなら、まず動いた方がよくない？」

焦れたようにカエデが言った。

「そうですね――行きましょう。あまり離れないで、固まっていたほうがよさそうです」

「あたしに乗ってればいいよ。運んであげるから！」

四本の脚で駆け出すカエデに、私も慌てて飛びついた。半分潜水艦だったときから引き継いだ金属の装甲には、親切なことに梯子と手すりがついていた。

私たち四人を背中に乗せたカエデがアスファルトの上を駆けていく。向こうからやってくる睡獣をときにかわし、ときに槍で刺し、機械の蹄で踏みにじりながら、ナイトランドの奥地へ向けて走り続ける。

赤茶けた土の上、枯れた草がまばらに生えている荒野を、一本の道路がどこまでも続いている。ときおり睡獣の群れが向こうから歩いてきて、すれ違い、後方へ遠ざかっていく。

そのうち、まっすぐだった道が曲がりくねり始めた。地面も勾配がきつくなって、上がったり下がったり、大きく波打っている。周囲に木が増えて、気がつくと私たちは深い森の中を駆けていた。

カエデの背の上、ティーセットを囲んで私たちは座っていた。翠がカップを口に運んで顔をしかめる。

「やっぱり駄目ですね。味がしない」

「いつの間に……。境森さん大丈夫？　明晰？」

「ごめんなさい、明晰です。これなら味で夢を見ていることがわかると思って」

「ああ、なるほど」

「帆影さんもよかったらどうぞ」

「私はいいや。夢の中なのに、なんか飲むとトイレ行きたくなるんだよね」

「あ、私もそうですそれ」

蘭が熱心に同意する。

「味はしないのに尿意だけいっちょまえなの理不尽ですよね」

「わかるわ。夢の中にトイレが出てくると緊張する。ディランドでも一瞬わかんなくなるときがあって怖い」

ひつじまで真面目な顔でそんなことを言い出したからか、カエデが不安そうに叫んだ。

「ちょっと、あたしの背中でおねしょしないでよ⁉」

本気で怯んだようなカエデの声に、笑いが巻き起こった。

「カエデはそういう経験ないの？」

「あたしはスリープウォークしてるときいつも変身してるから、夢の中だってわかるもん。みんなもそうすればおねしょしないよ」

「カエデほど変身が上手じゃないから」

「みんな想像力が足りないなー」

自慢そうに胸をそびやかすカエデに、ひつじが唇を尖らせる。その拗ねた顔がかわいくて、私は思わず口を挟んだ。

「私はひつじがおねしょしても笑ったりしないから」

決まった。我ながらかっこいい台詞だ……。そう思っていたら、ひつじが目をすがめて私を睨んでいることに気付いた。

「ねえ、この人いま絶対明晰じゃないと思うんだけど」

「いつもこんな感じじゃないですか？　この人」

「沙耶っちはもともとこういう子じゃない？」

「帆影さんは金春さんと一緒だと大体おかしいですね」

口々に発せられる評価が、意味はわからないながらもなんだか照れくさくて、私は頭を掻きながら言った。

「いやー、あんまり褒めないでよ、恥ずかしいな」

「あっ駄目だこの人！　押さえつけて！」

「ちょっと！　背中で暴れないで！」

夢の中のお茶には味がないのに、夢の中のデコピンはめちゃめちゃ痛かった。明晰にはなったけど、理不尽だ。

明るい星空の下、騒がしくて明晰な私たちは、うねうねと曲がりくねった道を進んでいく。夢の奥地へ、睡獣の巣へ――。全員が三回か四回、まんべんなく明晰さを失いかけたあと、ようやく私たちは目指す場所を見出した。

森の中、すり鉢状になった斜面の底に泉があった。揺らぐ水面を透かして目を凝らすと、水晶を削りだしたような卵が沈んでいる。内側からきらきらと発光していて、乱反射するその輝きが、水の上で形をなして、さまざまな形の睡獣となって泉から上がってくる。大きなもの、小さなもの、美しいもの、醜いもの。睡獣たちはぎこちない動きで斜面を這い上がり、デイランドへ向かう長い旅に出るのだった。

「これが……睡獣の巣?」

蘭が呟く。しばらくの間、私たちは魅入られたように泉を見つめていた。

「こういう仕組みだったんですね」

「あの卵から睡獣が生まれてくるってこと?」

「そう見えるけど……見えてる通りのことが起こってるのかな、これ?」

「ナイトランドの現象は見かけ通りではないことが多いですが、少なくとも睡獣があそこから出てきているのは間違いなさそうですね」

「よーし、じゃああれをぶっ壊せばいいってことか」

カエデが肉食獣のような唸り声を上げた。この中で睡獣に対してもっとも直接的な恨みを持っているのがカエデであることは間違いなさそうだ。

ひつじが黙っていることに、ここで私はようやく気がついた。横を見ると、カエデの背中から落ちそうなくらい身を乗り出して、食い入るように泉を見つめている。

「ひつじ？　危ないよ」

私が抱き寄せようとすると、ひつじがぽつりと言った。

「あれだ」

「え？」

「私、あれを探してた」

その瞬間、私の頭の中に記憶が弾けた。

卵！　そうだ！　ひつじがナイトランドでずっと探していた卵じゃないか！　あんなに必死になってみんなに思い出させようとしていたのに、いつの間にか自分が忘れていた。そのことにショックを受けながら、私は注意を喚起しようとする。

「みんな、あれだよ！　私が何回も言ってたやつ！」

「私もいま思い出しました……」

蘭が戸惑った声で言った。

「あたしもだ。確かに、あたしたち何度も同じようなことをしてる」

「私もです——どうして？　今の私たちは明晰であるはずなのに」

「この記憶だけおかしいんだよ。誰かが隠そうとしてるみたいに、何回憶えておこうとしても消えちゃう」

　そう言いながら眼下に目を戻した私は総毛立つ思いに襲われた。さっきまで私たちを認識した気配すら見せなかった睡獣たちが、すべてその場で動きを止めて、じっと私たちに注意を向けていたのだ。美しいとさえ言えた月下の泉の空気は、一瞬で張り詰めたものに変わっていた。

「とにかく、探し物が見つかったわけですね」

　睡獣から目を離さずに、私たちはカエデの背中から地面に降りた。

「あれを壊せば、すべての睡獣を殲滅できるかもしれません。また忘れてしまう前に、やっつけてしまいましょう」

「よーし、じゃあ行くよ」

　カエデの背中の端から、ガシュガシュと音を立てて分厚いハッチが開いていく。その中からミサイルが次々に射出されて、睡獣たちの頭上に飛んでいった。

　着弾までの間に、私たちも戦いの準備を整えていた。蘭は漆黒のライオンに、翠はホッキョクグマに、私は身体の前後に頭を持つレイヨウに乗った。ひつじだけが徒歩で、金色の籠手をつけたいつもの格好だ。

「突撃！」

蘭がサーベルを振りかざして叫んだ。私たちは斜面を駆け下りて、睡獣の群れに突っ込んでいった。全員が叫んでいた。私も象撃ち銃を撃ちまくりながら、泉を目指す。

睡獣の破片を嵐のようにまき散らして、最初に泉まで達したのはひつじだった。臆する様子もなく水の中に踏み込み、水晶の卵に向かっていく。生み出されたばかりの睡獣が、金色の籠手に殴られて木っ端微塵に砕け散る。

ひつじの手が水の中から卵を拾い上げる。両手で掲げられた水晶の卵は、空気中に出た途端にひときわ強く輝き始めた。魅入られたようにそれを見つめるひつじの表情に危機感を覚えて、私は叫んだ。

「ひつじ！　壊して！」

束の間呆けていたひつじの瞳が焦点を取り戻した。四方八方から押し寄せる睡獣の群れをひつじに近付けまいと、私は引き金を引き続ける。一瞬の隙に、私とひつじの目が合った。ひつじは頷いて、合わせた両手を握りしめた。

卵がくしゃりと潰れて、さらなる光が流れ出した。視界が真っ白になって、急速に意識が遠くなり――。

zzz

見渡す限り、継ぎ目のないベッドが広がっていた。足元から地平線まで、延々とシーツの海が続いている。そこに無数の人間が倒れている。パジャマの人、裸の人、アイマスクをした人、縛られた人、血まみれの人……。人種も寝相も服装もさまざまな老若男女が横たわり、一人残らず眠っている。

すぐそばには蘭とカエデ、翠も寝ていた。少し先に目を移すと、見覚えのある顔もちらほら交じっていた。学校のクラスメイト、教師、それに私の両親や姉。

たくさんの人の寝息、寝言、言葉にならない呻き声が、大気を低く震わせている。人類が全員眠っているような光景の中、私とひつじの二人だけが眠らずに立っていた。

「ひつじ、どうなったの、これ」

私が訊ねると、ひつじが呆然と答えた。

「わかんない……ここ、どこ？　ナイトランド、だよね？」

私にわかろうはずもなかった。頭上に広がるのは月と星がどちらも明るく輝くナイトランドの夜空だったが、今までのスリープウォークでこんな場所を見たことは一度もない。

「藍染先輩……カエデ……翠！」

声をかけて身体を揺するが、誰も目を覚まさない。

「ねえ、沙耶。あれ何かしら」

ひつじの言葉に顔を上げると、いつの間にか、夜空の一角が黒くて巨大なものに遮られていた。睡獣、だろうか――全体のフォルムは判然としないが、象の鼻のように柔らかく曲がる長大な構造物が、暗黒の中から地面に向けて垂れ下がっている。

その鼻が、横たわる人々の上空を撫でるように動くにつれて、きらきらと輝く何かが吸い上げられていくのがわかった。先ほど泉の中から出てきた、水晶の卵に似ていた。

鼻がこちらに近付いてくると、蘭、カエデ、翠の様子に変化が生じた。周りに寝ている人とは違って、三人の身体からは、はっきりしたイメージが吸い出されていく。空を駆ける帆船、きらめく魔法の剣、ラクダの隊列、紙飛行機の編隊、月面に突き刺さったロケット、色とりどりの花束、教室で授業を受ける生徒たち、雪をかぶった山脈……。脈絡のないヴィジョンが浮かび上がっては、まるで掃除機に襲われているかのように吸い上げられて消えていく。

直感的に、まずいと思った。何が何だかわからないが、これは絶対によくないことが起こっている。私は声にならない叫びを上げて、イメージの収奪を阻もうと動き出した。その途端、異様な感覚に襲われて私は喘いだ。咄嗟に作り出そうとした銃器や、私の攻撃性をそのまま形にしたような野獣のイメージが、完全に形を成すより早く私の中から引っこ抜かれていく。

私だけでなく、ひつじも悲鳴を上げていた。

「沙耶！　沙耶、助けて——全部持ってかれちゃう！」

怯えるひつじをせめて抱きしめようと、私は——

15

五人はわけのわからない喚き声をあげながら次々に跳ね起きた。

「うわああ！　あああああ!!」

「な……何が起こったの!?」

「わ、わかりません、シャットダウンしたみたいに夢が急に……」

パニック状態の数分が過ぎ去って、ようやく話ができるようになったころ、蘭が言った。

「睡獣の巣がどうなったか、誰か見届けましたか？」

全員が首を横に振った。

「卵を砕いたことは覚えてる。でもそこまでしか——」

蘭は硬い表情で考え込んでいたが、やがて顔を上げた。

「もう一度行きましょう」

「ちょっと休まない？　なんだか頭がぼんやりして……」

カエデが冴えない顔で言ったが、蘭は首肯しなかった。

「どうなったのか確かめないと。状況だけ確認して、すぐ戻りましょう」

沙耶はこめかみを押さえてきつく目をつむった。ひどく大きなダメージを受けたような感覚があったが、どこをどう傷つけられたのかはさっぱりわからない。そっと服を引かれる感触に視線を落とすと、いつになく心細そうなひつじが、沙耶の袖を摑んでいた。愛しさに突き動かされて手を握ると、ひつじも握り返してきた。

寝汗でまだ少し湿ったベッドに、五人はふたたび横たわる。スリープウォークを中断したときも、直後であれば引き続き前にいた夢に入ることができる。それは経験で沙耶も学んでいた。

ひつじの放つ眠気のブランケットが全員を包むと、昂っていた神経も鎮まり、五人は先ほど後にした泉へとスリープウォークを再開した。

ＺＺＺ

私たちはベッドの上で目を覚ました。

倉庫の天窓からどんよりと曇った空が見下ろしてくる。

「あれ？　どうなった？」

「もう一度スリープウォークしたはずだけど……」

困惑して顔を見合わせる。何らかの原因で目を覚ましてしまったようだ。蘭が諦めたようにため息をついた。

「今日はもうだめですか……仕方ないですね」

「少し休みましょう。いまお茶を入れますね」

翠がいち早くベッドから起き上がって、キッチンにぱたぱたと駆けていった。

ほどなくお湯が沸いて、コーヒーの香りが漂い始めた。私たちはまだぼんやりする頭を抱えて、いつものようにソファを囲んだ。

「今日はギモーヴ買ってきたんですよ」

「へー、おしゃれ」

「おしゃれなの？」

「何年か前に流行りましたよね」

器に盛られたカラフルな立方体のお菓子を前にすると、少し気分が晴れてきた。それぞれのマグカップに、翠がコーヒーを注いでくれる。

「じゃあ、どうぞ皆さん――」

そう言いながら自分からギモーヴを取って口に運んだ翠が、ぴたりと動きを止めた。何か恐ろしいものを見たかのように目を見開いて、凍り付いている。様子がおかしいことに気付いて、蘭が声をかけた。

「翠……？」

呆然とした口調で、翠が呟いた。

「味が――しません」

その言葉と同時に、皿に盛られたギモーヴが一瞬で砂と化してさらさらと崩れ落ちた。

愕然と立ち上がった私たちの周りで、ベッドルームを取り囲む背の高い棚がガタガタと揺れ始めたかと思うと、並んでいた箱がいっせいに弾け飛んだ。

棚の向こうから目と足と毒のある大顎でいっぱいのとてつもなく気持ちの悪い虫がぞろ

ぞろと現れて、私たちをバラバラに引き裂き始めた。

天窓から知らない人の巨大な顔が覗いて、絶叫する私たちを無表情に見つめていた。

16

「どこ行くの、沙耶」

靴を履いて家を出ようとした沙耶は、呼び止められて振り返った。ジャージ姿の亜弥が壁に寄りかかって、気怠げにこちらを見ていた。目の下にひどいクマができていて、髪もぼさぼさだ。

「お姉ちゃん……大丈夫？」

「全然だめ。あんたは？」

沙耶が首を横に振ると、亜弥はしんどそうなため息をついた。

「あんたの辛さわかってなかったよ。眠れないってこんなにヤバいんだね」

沙耶はただ頷いた。姉が不眠に苦しむようになってもう何日も経つ。亜弥だけではなく、両親もそうだ。今のところ短時間なら睡眠導入剤でむりやり入眠できているようだが、その効果も次第に薄れているようだった。

「どこ行くの」

亜弥がもう一度訊ねた。

「友達に会ってくる」

「ああ、例のお昼寝同好会だっけ。みんな眠れてるの？」

「いや……最近はあんまり」

沙耶が言葉を濁すと、亜弥はぼんやりと頷いた。

「同情するよ、ほんと。みんな安らかに眠れるといいね」

「うん」

そう言って踵を返した亜弥の首から肩にかけて、うっすらと睡獣の輪郭が見えていた。

「出かけるなら気ぃつけなよ。あんたも眠れてなくてぼんやりしてるんだから」

沙耶は後ろめたさに目をそらして、玄関のドアを開けて外に出た。

「夢の貧窮化」――そういう言葉があるのだと、翠は言っていた。

起きたときに夢を覚えていられなくなる症状だそうだ。スリープウォークを始めてから

というものの、明晰な状態で見た夢ははっきりと記憶していたのに、今ではナイトランドで

自分たちが何をしたのか、もうほとんど忘れてしまうようになっていた。

その一方で、激しいデジャヴに襲われるようになった。かろうじて残る切れ切れの夢の記憶は、以前にも体験したような気がしてならず、囚われたループから脱出しようともがきながら、疲弊して目を覚ますことになった。

ナイトランドとデイランドを取り違えることも次第に増えた。校内を歩いているときに空を飛ぼうと地面を蹴ってはつんのめって転んだり、車の行き交う道路を無意識に渡り始めようとしたりと、ひやりとする経験を重ねたせいで、何かあるごとに指を引っ張るのが癖になってしまった。

五人でお互いに励まし合いながら何度かスリープウォークを試みたが、事態は悪化するばかりだった。

「私たちは眠りから放逐されてしまった——」

蘭がぽつりと口にしたその言葉が現状を言い表していた。五人のスリープウォーク能力は、まるでウイルスに感染したようにボロボロになっていた。ひつじのブランケット能力は効果が安定せず、意図しない状況で仲間を昏倒させた。カエデも変身の制御ができず、正視に堪えない怪物の姿となって自分と仲間をパニックに陥(おとし)いれた。

それどころか、普通の眠りさえも蝕まれていた。完全に夢のコントロールを失い、記憶も定かではない状態でナイトランドに入るのは恐怖でしかなかった。考えてみればそれは、明晰ではない通常の夢に戻っただけとも言えたが、スリープウォーカーとしての生き方を経験してしまった後では、到底耐えられるものではなかった。

同時に、デイランドに溢れる睡獣の数が次第に増えていった。昼の光の下をさまよい歩き、人に取り憑く睡獣の姿は嫌でも目に付いた。それに比例して、身の回りに睡眠障害が広がっていった。家族も、学校も、睡獣に取り憑かれた人間ばかりだ。目の下にクマを作ってふらつく者、突然倒れて寝てしまう者、悪夢を見て絶叫する者……。恐れていた爆発的感染(アウトブレイク)が始まっていた。この街を爆心地として、デイランドへの睡獣の侵略が急速に進行しつつある。

睡獣に騙された――。時間が経つにつれて、その疑いは濃厚になっていった。彼らは、〈卵〉への興味をエサに、沙耶たちがナイトランドからデイランドへの通路を開くように誘導したのだろう。〈卵〉の記憶が曖昧になったことさえも、おそらくは注意を引くための仕掛けだった。睡獣がそんな知恵を働かせることができるとは誰も思っていなかった。この推測が正しいとしたら、彼らは沙耶たちを完璧に出し抜いたのだ。

外出すると否応なしに、自分たちの引き起こした事態に直面させられるのだが、家にいればいたで、不眠に苦しむ家族の姿に罪悪感を刺激される。ついに耐えきれなくなった沙耶は、たまらず外に出て、俯いたまま黙々と歩き、久しぶりに境森寝具店を訪れたのだった。

倉庫の中には誰もいなかった。自分の足音以外に聞こえるものもなく、天窓から降り注ぐ光の中でホコリが儚く舞っている。

初めてここに来たときのようだ。

ベッドルームの中央に置かれているキングサイズのベッドは、前回使ったまま放置されていたと見えて、シーツも布団も皺が寄っていた。

誰かがいれば少しは気が紛れるかと思ったが、当てが外れた。いっこうに成功しなくなったスリープウォークに心折れて、とうとう誰も来なくなってしまったのだろう。

広いベッドに倒れ込む。

これからどうなってしまうのだろうか……。不安な思いを抱えたまま、静まりかえった倉庫の中で一人横たわっていると、ふと気配を感じた。

カツカツ、カツカツと床に当たる硬い音は、靴ではなく……蹄の音だ。

山羊に乗ったフードの男が、棚の間から姿を現した。

「また会ったな、ネヴァースリーパー」

「これは……夢？」

「夢か現か、どちらにしても、いずれすべて夢となる。おまえたちは奴らに嵌められたのだ」

男はベッドの前で手綱を引き、沙耶と向かい合った。

「睡獣どもはこうして何度もスリープウォーカーを罠に誘い込み、デイランドをナイトランドに塗り替えてきた。それまで現だったものが夢となり、何事もなかったかのように新しいデイランドが開始される。そしてスリープウォーカーも夢となって消える。かつて俺たちがそうだったように」

「じゃあ……あんたも、スリープウォーカー？」

男はフードの頭を頷かせた。

「俺のいたデイランドでは、俺はＣＩＡの夢見部隊の一員だった。〈ＧＯＡＴ〉と呼ばれたそのチームは、世界各地の夢見伝承者と協力し、組織的に睡獣を追い詰めていた。だが――今はもう、そんな事実は存在しない。夢となって消えてしまった。俺のチームも皆やられた。俺もナイトランドをさまよう夢の残滓に過ぎない。そして今は、おまえたちがそうなりつつある」

「私たちも……夢にされる？」

「そうだ。だが、俺たちのときにはなかった要素が一つだけある。それが希望になるかもしれない」

「何？」

男は鞍の上から手を伸ばし、沙耶を指差した。

「おまえだ、ネヴァースリーパー」

「おまえだけが長すぎる不眠の中でも正気を保ち続けられる。そして、おまえだけがデイランドに現れた睡獣を見ることができる――それはつまり、おまえはデイランドとナイトランドに同時に存在できるということだ」

「そうだとしても――私にどうしろっての。今起こってることを、どうやって止めればいいの」

苛立つ沙耶に、山羊の騎手は秘密めかして囁いた。

「誰も寝てはならぬ（ノー・ワン・シャル・スリープ）」

「――帆影さん？」

声を掛けられて気が付いた。

ベッドから身を起こすと、翠が沙耶を見下ろしていた。

「あ……ども」

「沙耶っちじゃん。元気？」

翠の後ろからカエデがひょっこり顔を出した。

「二人ともどうしたの？」

「帆影さんこそ」

「私は――ここに来れば誰かいるかなって思っただけ」

翠とカエデが目を見交わして、少し笑った。

「あたしたちもそうだよ。ね、翠」

「はい」

「スリープウォークできないことはわかってるんだけどさ、みんなに会えないの寂しくて」

「ソファにどうぞ。お茶淹れますから」

翠に促されて、沙耶は立ち上がる。あたりを見回しても、山羊の騎手の姿はどこにもなかった。

それはそうだ、あれが現実であったはずがない――気を取り直そうとしたとき、沙耶の視線は床に吸い寄せられた。

ベッドのそばの床、コンクリートの表面に四つ、蹄の跡のようにも見える小さなくぼみが穿たれていた。

「境森さん……これ、前からありましたっけ？」

沙耶の指し示す先を翠が振り返って、眉をひそめる。

「どうでしたっけ。ベッドの足の跡みたいですけど――それがどうかしました？」

ベッドの跡？　言われてみれば、確かにそうも見えてくる。山羊に乗った男がそこにいたと考えるよりは理にかなった解釈だ。しかし……。

沙耶はさきほどの体験を反芻する。ここしばらく、おそらくは睡獣の妨害によって、沙耶たちはナイトランドからまともに夢の記憶を持ち帰ることができなかったが、今回はやけにはっきりした記憶が残っていた。

あの男が口にしたフレーズが頭の中に居座って離れなかった。

「……〈誰も寝てはならぬ〉」

沙耶の独り言に、思いがけず反応があった。

「『トゥーランドット』ですか？」

顔を上げると、棚の間から蘭が姿を現して、当たり前のようにソファに腰を下ろした。

「先輩、どうしてここに」

「あなたたちと同じ理由じゃないかしら」

図ったように翠が全員のマグカップをテーブルに置いて、コーヒーを注ぎ始めた。

「トゥーランドットって何です？」

「オペラのタイトルですよ。昔々、中国のトゥーランドット姫が、求婚者の王子に謎を掛けられるんです。自分の名前を夜明けまでに当てられなかったら結婚してくれ、当てられたら結婚を諦めて命を捧げよう、と。そこで姫は自国の民に、王子の名を解き明かすまでは、誰も寝てはならぬとお触れを出す——」

「えっ、ひどくない⁉」

カエデが非難の声を上げた。

「ひどいですよね。結婚したくないのはわかりますけど」

「ブラックにもほどがあるよ。関係ないじゃん、民」

「民……か」

沙耶は卓上に置かれたマグカップのうち、一つだけ空のままの、ひつじのマグを見ながら呟いた。

「ひつじは来ないのかな」

「あの子は……来ないと思います」

蘭が言った。

「どうしてですか？」

「あの子のブランケット能力はもともと強力すぎました。ひつじが寝ると、意図していなくても、周りの人間も寝てしまう。だから周りに誰もいないような場所を選んで寝ていたわけですが、今はそんな小細工では効かないくらいに強まっているはずです」

カエデが続けて言った。

「あたしも心配でひつじっちの家に様子見に行こうとしたんだけど、駄目だった。近付くだけで危ないもん」

「どう危ないの？」

「眠くなるの。マジでやばい。前より範囲が広がってるからほんとに危険。今のひつじっちに近付いて耐えられるのは、ネヴァースリーパーの沙耶っちくらいだよ」

話を聞きながら、沙耶は内心ショックを受けていた。ひつじは、沙耶には一言もそんなことを言わなかったからだ。

「帆影さん、あとで様子を見に行ってあげてくれませんか？」

沙耶は返事をしなかった。

「帆影さん？」

「え？　ああ、ごめん……。あのさ、一つ訊きたいんだけど、ひつじのブランケット能力って、どこまで広げられるのかな」

「金春さんはいつも抑えていますが、その気になれば……どこまで広がるか見当がつきませんね」

「そっか……」

考え込む沙耶を、三人が怪訝な顔で見つめている。やがて沙耶は顔を上げて言った。

「一つ思いついたことがあるんだけど——聞いてくれる？」

17

玄関を開けて沙耶を出迎えたひつじは目の下にクマを作っていて、満足に寝られていないことが一目瞭然だった。

「うわ。ひっどい顔してる」

沙耶がそう言うと、ひつじはムッとした顔になった。

「何の用？」

「相談があるんだ。上がってもいい？」

「……いいけど」

不審そうにしながらも、ひつじは沙耶を招き入れてくれた。家の中は静まりかえっていて、二人以外の気配が感じられない。

「ひつじ一人？」

「うん。親は実家に避難してる。さすがに親も私のねむねむパワーをよく知ってるからさ、一人暮らしを満喫中」

「そうなんだ……。逆にうちの家族は今みんな不眠症。今度遊びに来てあげてよ」

「いいんだけど、行く途中がね。道歩いてるだけで、通りすがりの車がみんな居眠り運転になっちゃう」

「……沙耶は眠くないの？」

そう言いながら、ひつじは沙耶の様子を窺うように首をかしげた。

「めっちゃ眠い。でもまだ我慢できるよ」

そう言いながらあくびが出てしまった。耐性のある沙耶ですらこうなのだから、ネヴァースリーパーではない人間では三十秒と保たないだろう。

「ふーん。まああんまり無理はしないでね」

「わかってるよ……ふわあ」

ひつじの部屋に入ると、ベッドの上にずらりと並ぶぬいぐるみの視線に出迎えられた。

「適当に座って」

ぶっきらぼうに言って、ひつじが机の前の椅子に腰掛けた。沙耶が床に座ろうとすると、ひつじは手でベッドを指し示した。

「いいの？」

「特別に許す。その子たちも、一人だけなら抱きかかえてもいい」

「わかった。それじゃ……お邪魔します」

沙耶はひつじのベッドに腰を下ろして、大きなフクロウを抱えた。柔らかいタオル生地は、ひつじと同じ匂いがした。

「それで、相談って？」

「その前に。なんで黙ってたの」

「ん？」

「家から出られないくらいブランケット能力が強くなってること。他のみんなは知ってたのに、私だけ知らなくてショックだった」

「余計な心配かけたくなくて」

「いくらなんでも水くさすぎる！　最初のころならまだしも、今はもう……ほら……そういう感じじゃないでしょ！　違うかな？　そう思ってるの私だけかな⁉」

「そんなの……今は関係ないでしょ」

「関係あるの！　私の計画だって、教えてもらわなかったら最後まで思いつかないところだったよ！」

「計画って何」

「今のこの状況を打破する計画。睡獣をやっつけて、安らかに眠るための」

「ふーん……？」

ひつじの訝しげな視線に促されて、沙耶は考えを説明し始めた。

「今までずっと、ひつじが私を眠りに導いてくれてたじゃない？　それと逆のことをしてみたらどうかなって」

「ん？　つまり……どういうこと？」

「私がひつじに添い寝してもらうんじゃなくて、ひつじに私が添い寝する――つまり、私がひつじの〈ブランケット〉になるの」

「そうすると、どうなるの」

「私たち以外全員を不眠症にできる」

「え？」

ひつじが目をしばたたく。

「えっと……まず、今も結構そうなりつつあるじゃない？」

「まだ足りない。もっと奪う。完全に眠れなくするの。言っちゃ悪いけど、睡眠薬で眠れる程度の不眠はフェイク。本当の不眠を教えてあげる」

早口でまくし立てる沙耶を、ひつじがうさんくさげに見やった。

「沙耶、いつの間に人類を裏切ったの？」

「もちろん永遠にじゃないよ。一時的なもの。たぶん。ちょっとだけ……」

「さっそく怪しくなってきたわね」

「ナイトランドは全部繋がってるって言ってたよね。睡獣が人間の眠りを通じて増えてるってことは、眠りがなかったら生きていけないと思うんだ。普通の状況なら、常に誰かが眠っているから、眠りから眠りへ移動し続ければ永遠に存在できる――普通ならね」

「その眠りを消してしまおうってこと？　そんなことが可能なの？」

「一人だと無理。でもひつじにはブランケット能力があるでしょ。私の不眠を、ひつじの能力でみんなの集合的無意識にお裾分けする。ナイトランドに残った眠りは、私とひつじのものだけになる。そうすれば――」

「そうすれば……？」

「他に眠ってる人がいなくなったら、睡獣は私とひつじの眠りの中に入ってくるしかないでしょ。そしたら二人で目を覚ますの」

「一網打尽にできるってことか。考えたわね」

ひつじが静かな声で言った。沙耶は不安になって言葉を連ねる。

「もちろんさ、そんなことしていいのかなとは思うよ。人間全部に影響することだもん。でも、今やるしかないと思うんだ。そうしないと、みんな夢になってしまう——」

ひつじが立ち上がって、沙耶に近付いてきた。

戸惑う沙耶の横に並んで、ベッドに腰掛ける。マットレスが沈んで、肩が触れあった。

「ひつじ？」

「わかった。やろう」

「い……いいの？」

「沙耶から言い出したことでしょ。それで、どうすればいいの？　私、いつも自分から寝ちゃうから、誰かに寝かしつけてもらうのは初めて」

ひつじがベッドに仰向けに寝ころんで、沙耶を見上げる。

「添い寝してよ、沙耶」

「う、わ、わかった」

沙耶は慎重にひつじの隣に寝そべった。

人類すべての眠りを奪い、二人でぐっすり眠るために。

18

緊張で胸が高鳴って、なかなか寝付けなかった。

幾度となく繰り返していることなのに、いっこうに眠気が訪れない。

「……ねえ、まだ？」

ひつじが言った。

「ごめん、なんか」

「緊張してる？」

そう言うひつじの声がいつもより低く、やさしく思えた。

「うん……なんでだろ。いつもどおりにすればいいはずなのに」

「呼吸のリズムを合わせてみましょう。ゆっくり息をして。楽なペースで。私のことは気にしないで。ちゃんとついていくから」

「わかった。じゃあ……いくね」

沙耶は呼吸に意識を集中する。

吸って……、

吐いて……。

吸って……、

吐いて……。

ひつじの呼吸が、すぐそばで聞こえる。沙耶に合わせて、吸って、吐いて……。

カーテンを引いて照明を落とした部屋の中、時計の音が耳につく。少しずつリラックスしてきた気はするが、眠気はまだ遠い。

ひつじがくすっと笑いを漏らして、かすれた声で呟いた。

「隣でもぞもぞされると全然眠くならない」

「ごめん」

「子守歌でも歌ってみたら？」

「えー……」

「えーって何。本当に私を寝かせる気ある？」

「あるよ……ちょっと待ってね……」

眠りの糸口を見つけようとしていると、ひつじが沙耶の方に身体を向けてきた。

「じゃあ、お話してよ」

「なんの？」

「私をどう思ってるか」

「どういうこと？」

ひつじがふーっとため息をつく。

「沙耶、ナイトランドでは私のこと好きなのに、デイランドでは違ったでしょ」

「う、うん、まあ」

「今でもそう？」

「え」

「最近は名前で呼んでくれてるし、少しは慣れてくれたかしら」

「慣れた……っていうか」

沙耶は口ごもる。

「まだ駄目？」

「いや、そうじゃなくて、むしろ逆で、あっいや」

「逆って……？」

慌てる沙耶をからかうでもなく、ひつじがそっと言った。沙耶はため息をついて白状する。

「こんなこと言うと引かれると思うんだけどさ」

「うん」

「いつからかな……ひつじに対する感情に関しては、ナイトランドとデイランドの差がなくなってきてて」

「うん」

「今もその……好きみたいなんだよね」

口に出してすぐ、後悔が押し寄せてくる。

「あーっ待って、違う。そういう話をしたくて来たわけじゃないんだ。ごめん、忘れて」

「忘れるわけない。嬉しいよ」

ひつじの口調は思いがけず温かかった。

「で、でもひつじはあれじゃん、私のこと好きなのはナイトランドの中だけでしょ」

「ううん。私は最初から、ナイトランドでもデイランドでも、沙耶のことが好き」

「へ⁉」

思わず身体を起こした沙耶を、ひつじが横たわったまま見上げる。

「……最初から？」

「沙耶が保健室で、突然私の前に現れたときから、ずっとそうだよ」

「えっ、えっ、だって」

突然現れたのはひつじの方だったじゃないか――。そう言い返したかったが、沙耶の口からはまともな言葉が出てこなかった。ひつじが続ける。

「私がディランドで沙耶のこと好きじゃないなんて、一度も言ったことないよ」

「うそ……」

呆然とする沙耶を見上げて、ひつじがくすくす笑う。

「ほんとに薄情なんだから。自分が私を愛しているのがナイトランドの中だけだから、私も同じだと思い込んだんでしょ」

「――ずるい」

「ずるくないよ。沙耶が勘違いしただけ。人のせいにしないで」

声も出ない沙耶の背中に手を添えて、ひつじが言った。

「いつか伝えたいって思ってたの。言えてよかった。沙耶が打ち明けてくれたから、私も勇気が持てたんだよ。ありがとう」

「わ、私こそ、あ、ありがと……」

「しっかりしてよ。まともに喋れてないじゃない」

ひつじがおかしそうに言うので、沙耶も釣られて笑ってしまった。もう一度ベッドに倒れ込んで、顔を見合わせてげらげら笑い出してしまう。

「もう、静かにしてよ。寝るんじゃなかったの？」

「そっ、そうだね。落ち着こう」

深呼吸しようとするが、相手と目が合うだけで笑ってしまう。

「だめだこりゃ。仰向けになろ」

「うん」

二人はふたたび天井を見上げて、息を整える。

「ふあ……」

ひつじが口を押さえてあくびをした。沙耶にも伝染って、大あくびになった。

「……はふ。眠くなってきた？」

「言いたかったことを言ったら安心したのかな、急に眠気が来ちゃった」

「私も……」

「先に寝ちゃわないでよ。沙耶が寝かしつけてくれるって約束したんだから」

「わかってるよ……」

二人が口を閉じて静かになると、眠気がひたひたと忍び寄ってきた。

ひつじが目を閉じたまま、囁くように言った。

「おやすみなさい、沙耶」

「おやすみ、ひつじ――」

zzz

明るい夜空の下、シーツに覆われた大地の上に、無数の人間が眠っている。

水晶の卵を破壊したときに見た光景が、ふたたび目の前に広がっていた。ナイトランドを覆っていたすべての虚飾が剝がれ落ちた結果がこれなのだろうか。昏々と眠る人間たちをまたいで、象を引き延ばしたような巨大睡獣がのし歩いている。

シーツの上に降り立って、私とひつじは、地平線まで続く睡眠者の列を眺めた。

「これを……起こしていくの？」

「一人残らずね」

「見るからに大変そうなんだけど」

「ナイトランドでは想像力を使うんでしょ。そうみんなで教えてくれたじゃない」

私は屈んで、足元のシーツを摑んだ。ひつじも隣で布地を摑む。

「いっせーのでいくよ」

「わかった」

「いっせーの……」

「せっ！」

二人声を合わせて、思いっきりシーツを引っ張った。

「おはようございまーーっす！」

寝ていた人たちが、次々に転がっていく。はっと目を見開いた次の瞬間、その姿がかき消える。びっくりした顔が面白くて、私たちは二人でけらけら笑った。

「全員、起きろーーっ！　もう寝るなーー！」

ひつじが叫んで爆笑する。いつの間にか私たちは山のように大きくなっていて、足元ではミニチュアと化した人類が次から次へとナイトランドを追い出されていく。異変を察知した巨大な睡獣が近付いてくるが、シーツの波に足を掬われてなかなかこっちに近付けないでいる。それをいいことに、私たちはシーツを無限に引っ張り続けた。

どれだけ時間が経っただろう。ついに、シーツがなくなった。大地は剝き出しのマットレスになり、眠っている人間は一人たりともいなくなった。私たちの大きさも、元に戻っていた。

いなくなった人間の代わりに、地平線の全方向から、そびえ立つ巨大な壁が迫ってくるのが見えた。無数の睡獣からなる、見たこともないほど大きな群れだ。眠りの海が干上がったので、すべての睡獣が私たち二人の眠りになだれ込んできたのだ。

「うわー、壮観」

ひつじが呆れたように言った。

「睡獣ってこんなにいたんだ。それが全部私たち二人の夢の中にいるって思うと、不思議な感じ」

「ナイトランドがこんなに小さくなったこと、今までないだろうからね」

「これであとは私たちが目を覚ましたら、睡獣を全滅させられる……頭いいのね、沙耶」

「まあね」

「蘭も、カエデも、翠も——これでまたみんな、スリープウォークできるようになるかしら」

「きっとね」

「よし、じゃあ、そろそろ……起きようか」

やりきった思いを抱きながら、私たちは目を覚まそうとした。

「…………」

「…………」

「…………ん？」

——目を覚ますって、どういう風にするんだっけ？

19

目を覚ますことができない——。その恐ろしい結論を受け容れるまで、しばらく時間がかかった。

飛んでも跳ねても、頬をつねっても指を伸ばしても、どうやってもナイトランドから出られない。私たちは顔を見合わせて呆然とするしかなかった。

もしかするとナイトランドは、完全に消滅させることができないのかもしれない。人間の眠りを繋ぐ集合的無意識——その解釈が正しいなら、ナイトランドから他の全員を追い出したとしても、デイランドで目を覚ましている人間の意識がナイトランドを手放そうとしない。そして私たちは残されたナイトランドを夢見る最後の二人。私たちは眠りを奪った代償として、眠りに囚われてしまったのだ。

もしかすると、どちらか片方だけが起きることはまだ可能なのかもしれない。しかしその場合、もう一人は取り残されてしまう。どちらかが必ず犠牲になる——デッドロックだ。

「参ったな。心中しよっか」

やけくそで言った私の言葉に、ひつじが考え込んでしまった。

「……わかった。いいよ」

「いや、わかるなよ」

「だって私、自分だけ目を覚ますなんて嫌。一緒に消えた方がいい」

「そりゃ私だって同じだけどさ……」

マットレスの上に腰を下ろして、迫りくる睡獣の壁を見上げながら、私たちはしばらく途方に暮れた。

「考えすぎてまた眠くなってきたよ」

ひつじが私の肩に頭を預ける。いつまでこうしていられるかわからないので、私も遠慮は捨てて、ひつじの方に頭をもたせかけた。

「ひつじっていい匂いがするんだよね。夢の中でも」

「沙耶もそうよ。知ってた？」

「知らなかった。汗くさいだけじゃない？」

「そんなことない。私は大好き」

ひつじが私の首筋に鼻を突っ込んでくるので、私はくすぐったさに首をすくめた。

「ちょっとお」

「落ち着く匂い。隣にいるとすごくよく眠れるの」

為す術なくスンスン匂いを嗅がれているうち、私の頭に閃くものがあった。

「………そうだ」

私はすぐそこに丸まっていたシーツを拾い上げた。無限の広さがあったように思えたシーツだったのに、いま手に取ってみると、ごく普通のサイズでしかなかった。

立ち上がる私を、ひつじが見上げる。

「心中？」

「しないから。ちょっと待って」

シーツを広げて、ふわっとマットレスの上に敷く。

「どうするの？」

「寝るの」

「ここで!?」

私は記憶と想像力を働かせる。いつも自分が使っている枕が、両手の上に生まれた。それをひつじにパスして、自分用にもう一つ同じものを作る。

「私の枕で悪いんだけど」

「え、これ沙耶の枕なの？」

ひつじが枕を抱きしめて匂いを嗅ぐ。

「ほんとだ」

「ちょっと！　やめてよ、恥ずかしいな」

思わず抗議しながら、私はまた想像力を使って道具を生み出す。夏用の薄い掛け布団。シーツの上に枕を置いて、布団を敷いて、私はひつじを誘った。

「おいで。早く寝ないと、怖いのが来るよ」

「どういうこと……」

「スリープウォーク中に寝ると、ナイトランドに呑み込まれてしまう──確かそう言われてたよね」

「ええ」

「一か八か、それに賭けてみよう。もしかすると、睡獣がデイランドをナイトランドで上書きしてるみたいに、私たちのスリープウォークで、ナイトランドをデイランドに裏返すことができるかもしれない。心中することになるか、脱出できるか、どっちになるかは自分たちの身で確かめることになるけど」

目を丸くしているひつじの手を取ると、私は布団に座り込んだ。ふわふわの頭を撫でて、私は言った。

「ごめんね。私に思いつくのはこれくらい。もっといいアイデアがあったら教えて」

「ううん。沙耶と一緒ならどんな悪夢でも大丈夫よ」

ひつじの額にキスをして、私は言った。

「今度はひつじが寝かせてよ。いつもみたいに」

「わかったわ、愛しい沙耶」

ひつじが布団に入り込んできた。一つの布団に、枕を二つ並べて、顔を見合わせる。ひつじの瞳に、自分が映っているのが見える。

「――おやすみ、ひつじ」

「おやすみなさい、沙耶――」

ひつじが目を閉じて脱力すると、すぐさま眠気のブランケットが私を包み込んだ。

四方八方から睡獣がなだれ落ちてくるこの世の終わりのような光景の中、私たちはナイトランドの中で眠りに落ちた。

20

z
z
z

帆影亜弥はふと目を覚まして、むっくりとベッドの上に身を起こした。午後遅くの日差しに暖められた室内の空気は汗ばむくらいだったが、それでも寝覚めの気分はそう悪いものではなかった。

何か不思議な夢を見ていた気がした。他にもたくさん人がいる広い座敷で、寝ようとしても寝付かれず、夢の中なのにうなされていたら、急に布団を引っぺがされて放り出されて……その衝撃で目が覚めたのだったか。そんな曖昧な記憶も急速に薄らいで、すぐに思い出せなくなってしまった。

顔を洗おうと立ち上がり、廊下に出た。沙耶の部屋の前を通ったが、妹の気配は感じられない。そういえば夢の中で妹の顔を見たような、うっすらとした記憶がある。なんだか楽しそうだった。姉がうなされているというのにキャアキャア騒いで、微妙に腹が立ったが——いつものむっつりした印象とは全然違った。

一階に下りて、洗面所で顔を洗った。あまり長い時間寝ていたわけでもないのに、しばらくぶりに頭の中が晴れ渡っている。自室に戻る途中、玄関に目をやった。沙耶の靴はまだ戻ってきていない。そういえば友達に会いに行くとか言っていた。夢の中の沙耶の明るい笑い声が耳の奥に蘇った。意外な印象ではあったが、友達と一緒にいるとああいう感じなのかもしれない。

亜弥はサンダルをつっかけて、玄関のドアを開けた。薄紫と茜色の夕焼けが思いがけず美しくて、しばらく目を奪われた。穏やかな夕暮れの空気が街並みを覆っている。亜弥の背後、家の中でも物音がして、どうやら両親も眠りから覚めたようだ。

晩ご飯までには帰ってくるだろうか——。亜弥は玄関先に立ったまま、沙耶の姿を無意識に求めて、黄昏時(たそがれどき)の家並みを眺めていた。

境森寝具店のベッドルームでは、三人が同時に意識を取り戻していた。

ソファの上で身を寄せ合ったまま、寝落ちしていた……というより、ほんの一瞬意識が飛んでいたような感覚だった。記憶のわずかな断絶(ラグ)に戸惑いながら、三人は気づいた。今回は久しぶりに、三人とも抵抗なく眠っていた。

では、やったのか――沙耶とひつじが睡獣を倒して、盗まれた眠りを取り戻してくれたのか。

三人は顔を見合わせて頷きあうと、またソファに身を預けた。真ん中の蘭の肩に、両側からカエデと翠の頭が預けられる。目をつむり、今度は自分たちの意志で眠りに入っていく。ひつじの能力には敵うべくもないが、仲間がそばにいる安心感が、三人を着実に眠りへと導いていった。

今のナイトランドがどうなっているのか、三人はまだ知らない。だが、まだそこに沙耶とひつじがいるのなら、迎えに行かなければならない。

瞼の裏の暗闇に、きらきらと光る模様が浮かぶ。眠りの中へ深く入り込んでいくと、それは徐々に、ナイトランドのきらめく星空へと変わっていった。

ZZZ

ベッドの上で目を覚ました。カーテンを下ろした窓の外は静かで、部屋の中は真っ暗だ。

手を伸ばして、隣を探る。肌のぬくもりが指先に触れて、ほっと安心する。

デイランドからナイトランドを通ってたどり着いたここが、果たしてどういう場所なのか、まだわからないが、今のところ睡獣の気配は感じられなかった。

彼女が目を覚まして、身じろぎをするのが伝わってきた。

「……おはよ」

「おはよう」

見えなくても、彼女が微笑んだのがわかった。カーテンの隙間から差し込んだわずかな光を反射して、暗がりの中で瞳が燦めいていた。人の形をした獣がそこに横たわっているかのように。

本書は、二〇一八年七月に早川書房より単行本で刊行された作品を文庫化したものです。

裏世界ピクニック
ふたりの怪異探検ファイル

宮澤伊織

仁科鳥子（にしなとりこ）と出逢ったのは〈裏側〉で〝あれ〟を目にして死にかけていたときだった――。その日を境にくたびれた女子大生・紙越空魚（かみこしそらを）の人生は一変する。実話怪談として語られる危険な存在が出現する、この現実と隣合わせで謎だらけの裏世界。研究とお金稼ぎ、そして大切な人を捜すため、鳥子と空魚は非日常へと足を踏み入れる――気鋭のエンタメ作家が贈る、女子ふたり怪異探検サバイバル！

ハヤカワ文庫

ハーモニー〔新版〕

伊藤計劃

二一世紀後半、人類は大規模な福祉厚生社会を築きあげていた。医療分子の発達により病気がほぼ放逐され、見せかけの優しさや倫理が横溢する〝ユートピア〟。そんな社会に倦んだ三人の少女は餓死することを選択した——それから十三年。死ねなかった少女・霧慧トァンは、世界を襲う大混乱の陰に、ただひとり死んだはずの少女の影を見る——『虐殺器官』の著者が描く、ユートピアの臨界点。

ハヤカワ文庫

最後にして最初のアイドル

草野原々

〝バイバイ、地球――ここでアイドル活動できて楽しかったよ。〟SFコンテスト史上初の特別賞&四十二年ぶりにデビュー作で星雲賞を受賞した実存主義的ワイドスクリーン百合バロックプロレタリアートアイドルハードSFの表題作をはじめ、ソシャゲ中毒者が宇宙創世の真理へ驀進する「エヴォリューションがーるず」、声優スペースオペラ「暗黒声優」の三篇を収録する、驚天動地の作品集！

著者略歴　秋田県生，作家「神々の歩法」で第６回創元ＳＦ短編賞を受賞　著書『裏世界ピクニック　ふたりの怪異探検ファイル』『裏世界ピクニック５　八尺様リバイバル』（ともに早川書房刊）『ウは宇宙ヤバイのウ！〜セカイが滅ぶ５秒前〜』他多数

HM=Hayakawa Mystery
SF=Science Fiction
JA=Japanese Author
NV=Novel
NF=Nonfiction
FT=Fantasy

そいねドリーマー

〈JA1465〉

二〇二一年一月十日　印刷
二〇二一年一月十五日　発行

（定価はカバーに表示してあります）

著者　宮澤伊織（みやざわいおり）
発行者　早川浩
印刷者　矢部真太郎
発行所　株式会社　早川書房

郵便番号　一〇一 - 〇〇四六
東京都千代田区神田多町二ノ二
電話　〇三 - 三二五二 - 三一一一
振替　〇〇一六〇 - 三 - 四七七九九
https://www.hayakawa-online.co.jp

乱丁・落丁本は小社制作部宛お送り下さい。
送料小社負担にてお取りかえいたします。

印刷・三松堂株式会社　製本・株式会社明光社

ISBN978-4-15-031465-1 C0193

本書は活字が大きく読みやすい〈トールサイズ〉です。